南水北调 2020 年
新闻精选集

NANSHUIBEIDIAO 2020 NIAN

XINWEN JINGXUAN JI

水利部南水北调工程管理司　编

· 北京 ·

内 容 提 要

本书主要收集整理了2020年度各级各类新闻媒体关于南水北调工程的宣传报道文稿，详细介绍了2020年度南水北调工程建设和运行管理过程中发生的重要事件、产生的重大影响。本书主要内容分为两大部分，即日常报道和南水北调通联系统好新闻获奖作品。新媒体类报道采用拓展资源形式，通过扫描二维码阅读和观看。

本书语言生动，内容翔实，可供水利工作者、新闻工作者以及社会大众阅读使用。

图书在版编目（CIP）数据

南水北调2020年新闻精选集 / 水利部南水北调工程管理司编. -- 北京 : 中国水利水电出版社, 2021.6
ISBN 978-7-5170-9662-7

Ⅰ. ①南… Ⅱ. ①水… Ⅲ. ①新闻报道—作品集—中国—当代 Ⅳ. ①I253

中国版本图书馆CIP数据核字(2021)第112977号

书　　名	**南水北调 2020 年新闻精选集** NANSHUIBEIDIAO 2020 NIAN XINWEN JINGXUAN JI
作　　者	水利部南水北调工程管理司　编
出版发行	中国水利水电出版社 （北京市海淀区玉渊潭南路1号D座　100038） 网址：www.waterpub.com.cn E-mail：sales@waterpub.com.cn 电话：(010) 68367658（营销中心）
经　　售	北京科水图书销售中心（零售） 电话：(010) 88383994、63202643、68545874 全国各地新华书店和相关出版物销售网点
排　　版	中国水利水电出版社微机排版中心
印　　刷	天津嘉恒印务有限公司
规　　格	170mm×240mm　16开本　10.25印张　174千字
版　　次	2021年6月第1版　2021年6月第1次印刷
印　　数	0001—2000册
定　　价	**68.00**元

《南水北调 2020 年新闻精选集》

编辑人员名单

编　　审：李鹏程

主　　编：袁其田

副 主 编：高立军　梁　祎

编　　辑：袁凯凯　单晨晨　张中流　薛腾飞　孙　畅
许安强　宋　滢　张小俊　王旭辉　周晓霖
陈颂歌

前言

2020年是全面建成小康社会和"十三五"规划收官之年，也是谋划"十四五"规划的关键之年。这一年，南水北调工程迎来最大流量输水、中国南水北调集团有限公司成立、东中线一期工程全面通水6周年等重要历史时刻。在水利部党组坚强领导下，南水北调人认真贯彻落实"节水优先、空间均衡、系统治理、两手发力"的治水思路和习近平总书记视察南水北调东线工程时的重要指示精神，围绕打造"高标准样板工程"目标和要求，进一步加强工程运行监管、补齐工程建设短板，确保东中线一期工程安全运行，加快工程收尾和东线一期北延应急供水工程建设，推动南水北调各项工作提质增效。

截至2020年底，东中线一期工程累计调水近400亿立方米（其中生态补水超53亿立方米），受水区直接受益人口超1.4亿，成为沿线40多座大中城市的主要水源，在经济社会发展和生态环境保护方面发挥了重要作用。在北京，珍稀动物黑鹳成群结伴，嬉戏在永定河畔；在天津，地下水位回升显著，湖泊湿地重现生机；在河北，白洋淀及省内滹沱河等16条河道波光粼粼；在山东，绝迹多年的小银鱼、毛刀鱼等在南四湖再次出现。浩浩南水，奔流北上，在持续延展北方受水区经济社会发展生命线的同时，也拓宽了沿线人民群众因获得优质水资源而不断增强的幸福线，更丰润了华北地区生态文明建设赖以维系的生态线，唤醒了北方的大地、河流，扮靓了华北大地一望无际的平原。

为讲好南水北调故事，传播南水北调声音，塑造南水北调品牌形象，2020 年，中央和地方各级各类媒体认真贯彻落实全国宣传思想工作会议精神，聚焦南水北调工程效益发挥，开展了一系列形式多样、内容丰富的宣传报道，形成了良好的正向引领，进一步彰显了南水北调“国之大事、世纪工程、民心工程”的重要地位。

为充分展现 2020 年南水北调宣传工作成果，系统梳理总结南水北调工程宣传报道成果和经验，积累和丰富工程文献资料，为做好南水北调宣传提供参考和借鉴，特收集整理 2020 年度中央主要媒体、沿线省（直辖市）有关新闻媒体、行业媒体及南水北调通联系统报道内容并编印成册，供关心、支持、参与南水北调工程的人们更好地了解一年来南水北调工作的最新进展和成效，更加深刻全面地认识到南水北调工程的重大意义；同时，也希望社会各界的读者通过阅读本书，更加理解、支持南水北调工作，共同为推进南水北调事业营造更加和谐的环境。

本书在编辑过程中得到了有关媒体和记者的支持与帮助，在此特致以诚挚的感谢。

编者

2021 年 5 月

目录

前言

日常报道

中央媒体报道

【新春走基层·坚守在一线】一名南水北调中线调度员的除夕 …………… 3
【同心战“疫”】南水北调安全输水 2.25 亿立方米，保障沿线 6000 多万人用水安全 …………… 3
南水北调中线建管局战“疫”保输水　疫情防控期间安全输水 2.25 亿立方米 …………… 4
南水北调东线一期工程北延应急供水工程正式复工 …………… 6
南水北调中线输水 13 亿多立方米 …………… 7
南水北调中线一期工程向冀豫 25 条河流生态补水 …………… 7
南水北调西线工程综合查勘启动 …………… 8
南水北调东线一期工程 2019—2020 年度向山东省调水工作完成 …………… 9
南水北调中线工程向天津供水 50 亿立方米成为天津主力水源 …………… 10
南水北调工程综合效益凸显 …………… 13

南水北调中线工程首次以设计最大流量输水　向京津冀豫输水
290 亿立方米 …………………………………………………………………… 14
疫情对南水北调等重大水利工程有什么影响？专访魏山忠 ………………… 15
南水北调 300 亿立方米　中线工程泽被 6000 万人 ………………………… 18
南水北调中线累计调水 306 亿立方米 ………………………………………… 22
南水北调中线加大输水量实现生态补水 9.5 亿立方米 ……………………… 22
南水北调东线一期工程北延应急供水工程“主汛期前大干 40 天”活动结束 …… 23
南水北调东线总公司：北延应急供水工程河道衬砌完成过半 ………………… 24
南水北调东线一期工程北延应急供水工程顺利进行完成 40％ ……………… 24
南水北调中线一期工程年度供水及生态补水均创历史新高 ………………… 25
南水北调工程社会效益显著　直接受益人口逾 1.2 亿人 …………………… 26
南水北调：科技保驾“南水”安全北流 ……………………………………… 28
着力提升管理运营水平　科学扎实有序推进南水北调后续工程建设 ……… 31
南水北调有力支撑经济社会发展 …………………………………………… 32
南水北调中线一期工程超额完成年度调水计划　运行六年实现达效 ……… 33
南水北调中线累计输水超 340 亿立方米 …………………………………… 35
问渠哪得清如许　为有源头碧水来 ………………………………………… 35
南水北调清如许，唯有节源活水来 ………………………………………… 43
江苏　南水北调工程　为有源头清水来 …………………………………… 44
全面通水六年 ………………………………………………………………… 46
南水北调东中线一期工程累计调水超 394 亿立方米 ……………………… 47
南水北调，不只调来好水 …………………………………………………… 48
南水北调东、中线调水六年，带来哪些大变化？ ………………………… 51
南水北调东线新年度调水正式启动 ………………………………………… 56

行业媒体报道

放心！南水北调水源水质稳定在Ⅰ类 ………………………………………… 57

南水北调中线工程　持续供水不停歇　防控疫情稳民心 …………………… 58
南水北调东线工程　防控调水两不误 …………………………………………… 59
南水北调中线建管局天津分局用热血和汗水守护江水进津“大动脉” …… 60
南水北调中线建管局河北分局　供水不间断　为民护水脉 …………………… 61
近在咫尺听发言　足不出户看现场　南水北调中线一期穿漳工程首秀
“线上”验收 ………………………………………………………………… 63
海河水利委员会组织开展南水北调工程安全运行视频飞检 ………………… 66
2019—2020 年度南水北调东线一期工程向山东调水圆满结束 …………… 66
工作实效检验行动　具体行动彰显担当 ……………………………………… 68
南水北调工程管理司　打造永续造福人民的一流幸福工程 ………………… 70
南水北调通水以来生态效益显著 ……………………………………………… 74
智慧中线　安全调水 …………………………………………………………… 75
南水北调工程带来巨大经济效益 ……………………………………………… 77
南水北调中线工程超额完成年度调水计划 …………………………………… 78
《南水北调西线工程规划方案比选论证》通过复审 ………………………… 79
南水北调工程塑造国之重器品牌形象 ………………………………………… 80
讲好一渠清水的故事 …………………………………………………………… 81

地方媒体报道

南水北调团城湖泵站试行自主运行，泵站未来“智慧”调水 ………………… 84
北京南水北调地下供水线将打通最后 1.8 公里 ……………………………… 85
南水北调中线工程首次以设计最大流量输水 ………………………………… 86
南水北调润中原 ………………………………………………………………… 87
南水北调干线北京段检修完毕　北京市民今起重饮长江水 ………………… 88
南水北调首次研发可溯源计量装置，实现千分级精准计量 ………………… 90
南水北调中线工程有多厉害？清华大学的这项研究结果让人吃惊 ………… 91
CT 微创都上阵！北京对南水北调输水管线带水精细校准 ………………… 93

北京市南水北调工程调江水入京水量达到56亿立方米 …………………… 94
智慧中线，保障南水安全北送 …………………………………………………… 95

南水北调通联系统好新闻获奖作品

一 等 奖

中线一期工程安全运行2000天累计调水300亿立方米 …………………… 101
南水联袂密云水库　擦亮首都水名片 ………………………………………… 103
一对鸳鸯水上漂 ……………………………………………………………… 108
电力十足的“伏安男团” …………………………………………………… 109
南水北调中线工程首次以设计最大流量输水 ……………………………… 111
如何讲好一渠清水的故事 …………………………………………………… 113
去南水北调中线，为何必去穿黄工程 ……………………………………… 116
南水北调中线印象第五季之千里奔流 ……………………………………… 116

二 等 奖

保长湖　保民生　力保沿线百姓安全度汛 …………………………………… 117
把使命与责任刻在心中 ……………………………………………………… 118
君问归期 ……………………………………………………………………… 120
不断缩短的路程 ……………………………………………………………… 122
人人都说南水好 ……………………………………………………………… 124
解锁高质量发展的“动力密码” …………………………………………… 127
顶住疫情防控压力　保障沿线城市用水 …………………………………… 131
抓铁有痕　踏石留印 ………………………………………………………… 133
是别离，良人难言断舍离 …………………………………………………… 135
在这个特殊的节日里　致敬南水北调女孩 ………………………………… 143

南水带来“新活力” …… 148
迎防台风“巴威”雨中巡坝抢险 …… 151
“钙”是怎样缺失的 …… 151
以智慧之名　让安全“豫见” …… 152
南水北调全面通水六周年！生日快乐！ …… 152
生态补水韵宛城 …… 152
2020，请对南水北调人好一点！ …… 152
河北分局“坚持节水优先、建设幸福河湖”节水倡议书 …… 152

日 常 报 道

中央媒体报道

【新春走基层·坚守在一线】一名南水北调中线调度员的除夕

新春之际，隆冬之时，各地的南水北调人仍在一线坚守，为广大百姓送去甘甜南水。

张士达，是南水北调中线建管局河北分局石家庄管理处中控室的一名年轻调度员工。为确保一渠清水 365 天 24 小时安全平稳北上，他已连续五年除夕值守在中控室这个平凡的岗位上。在每个千家万户团圆过年的年夜，他在中控室严谨地监控着渠道的运行。

张士达家住城市的最西边，每次坐地铁值班从地下穿越石家庄市到达东边的开发区中控室。今年除夕，张士达带着家人包好的饺子再次启程穿行城市来上夜班。每次值班，他重复着规范的交班程序和标准的调度指令，用这种日复一日的坚守，践行着新时代水利精神。

在各行各业，像张士达这样多年除夕坚守岗位的人还有很多很多，正是因为他们的甘于平凡和勇于担当，才有我们奔腾向前的时代精神。在新春到来之际，向仍坚守在工作一线的劳动者致敬。

（邱晓琴　光明网　2020 年 1 月 25 日）

【同心战“疫”】南水北调安全输水 2.25 亿立方米，保障沿线 6000 多万人用水安全

记者获悉，新冠肺炎疫情发生后，截至 2 月 6 日，南水北调中线建管局在疫情防控期间已安全输水 2.25 亿立方米，保障了工程沿线地区 6000 多万

人用水安全，为打赢疫情防控这场硬仗提供有力的水资源支撑。

据介绍，在防控疫情的关键时刻，南水北调中线工程重要部位党旗高高飘扬。在陶岔渠首，发电厂不停地运转，8 名党员组成的先锋队 24 小时值守，党员孙晓辉已经连续 5 个春节在岗位上度过。目前，陶岔渠首工程安全输水 2.25 亿立方米，发电近 600 万度。

穿黄工程是南水北调中线的控制性关键工程，30 多名党员先锋队放弃了春节与家人团聚的机会，昼夜守护工程安全，严密监测调度信息，定期检查设备运行情况，迎着风雪巡查工程，发现围网损坏及时修补，连续坚守 20 多天不停歇。

保定管理处和西黑山管理处担负着冬季冰期输水的重任，党支部书记带头值守，加大设备巡视和在线监测，及时巡查融冰和扰冰设施，按时检查应急设备情况，冰期输水安全平稳。

总调中心是全线的运行中枢，党员先锋队 24 小时坚守岗位，细化完善轮班值班安排，优化生产运营值班方式，严格防控措施，增强员工自我保护，把确保一渠清水北送作为最大的责任和担当。

当前，南水北调中线建管局各级党组织充分发挥战斗堡垒作用，50 支党员先锋队仍冲在最前线，党员与发展对象作为中坚力量，放弃休假，代替离家较远及外地居住的职工，承担起了特殊时期的节假日运行值班工作。

据介绍，为了保障供水安全，广大水利人量测好体温，带好防护口罩，定期消毒常用设备设施，在做好疫情防控的同时，坚持工程巡查不间断，运行调度不停歇。截至 2 月 6 日，南水北调中线工程已安全输水 2.25 亿立方米，保障了工程沿线地区 6000 多万人用水安全。

（邱晓琴　光明网　2020 年 2 月 7 日）

南水北调中线建管局战“疫”保输水 疫情防控期间安全输水 2.25 亿立方米

量测好体温，带好防护口罩，定期消毒常用设备设施……新冠肺炎疫情发生以来，南水北调中线建管局在做好疫情防控的同时，坚持工程巡查不间断，运行调度不停歇。疫情防控期间安全输水2.25亿立方米，保障了工程沿线地区6000多万人供水安全，为打赢疫情防控这场硬仗提供有力的水资源支撑。

据介绍，新型冠状病毒感染的肺炎疫情发生后，南水北调中线建管局第一时间做出响应，强化对下指导，提出明确要求。1月22日，印发《关于加强冠状病毒感染疫情防范工作的通知》，1月26日作出再部署，发出《关于做好新型冠状病毒感染的肺炎疫情防控工作的通知》，并减少人员集中，避免交叉感染风险，细化多项措施保通水。

同时，南水北调中线建管局机关党委发出《充分发挥“两个作用”带头筑牢“战役”防线倡议书》，要求各级党组织和党员干部带头讲政治，政治责任要扛牢；带头固防线，战斗堡垒要夯实；带头作表率，先锋模范要给力。在防控疫情的关键时刻，工程重要部位党旗高高飘扬。

在陶岔渠首，发电厂不停地运转，8名党员组成的先锋队24小时值守，党员孙晓辉已经连续5个春节在岗位上度过。目前工程安全输水2.25亿立方米，发电近600万度，为南阳地区抗击疫情提供有力支撑。

穿黄工程是南水北调中线的控制性关键工程，30多名党员先锋队放弃了春节与家人团聚的机会，昼夜守护工程安全，严密监测调度信息，定期检查设备运行情况，迎着风雪巡查工程，发现围网损坏及时修补，连续坚守20多天不停歇。

保定管理处和西黑山管理处担负着冬季冰期输水的重任，党支部书记带头值守，加大设备巡视和在线监测，及时巡查融冰和扰冰设施，按时检查应急设备情况，冰期输水安全平稳。

总调中心是全线的运行中枢，党员先锋队24小时坚守岗位，细化完善轮班值班安排，优化生产运营值班方式，严格防控措施，增强员工自我保护，把确保一渠清水北送作为最大的责任和担当。

南水北调中线建管局针对闸站值守、安保巡查、安全监测、冰情观测等工作中可能发生的人员暂时缺位隐患，组织党员主动编组、以备应急，发生问题后及时补位，确保现场运行管理关键业务不折不扣平稳落实。

（王菡娟　张存有　人民政协网　2020年2月8日）

南水北调东线一期工程北延应急供水工程正式复工

记者从水利部获悉，2月23日上午，南水北调东线一期工程北延应急供水工程1标段油坊节制闸及箱涵工程正式恢复施工。自2月17日北延应急供水工程复工以来，北延应急供水工程在确保疫情防控安全的前提下，积极协调人员、设备进场，人员到岗72人、施工机械30台（套）。

油坊节制闸及箱涵工程由中铁十六局集团公司承建，工程现场现已投入管理及施工人员20人，施工机械9台、环保设施2台及必要的消毒防疫设备，每日土方开挖量约1000立方米，达到原计划的65%。南水北调东线一期工程北延建管部组织参建各方与属地政府及有关部门建立联防联动机制，大力开展疫情防控措施并积极宣贯，对项目部、施工现场等进行严格封闭防控管理，及时储备并发放防疫物资，对办公、生活、作业等区域进行全面消毒；严格值班值守、疫情信息预警和信息报送管理，每日对参建人员健康状态监测，并统筹做好返岗人员信息管理，施行网上办公、视频会议等工作模式，严格控制各类聚集性活动。

针对疫情影响带来的工程进度滞后等情况，北延建管部将组织各参建单位提前谋划，进一步优化施工组织，调整修订进度计划，在人员完成隔离进场施工后，通过延长作业时间、增加作业机械及作业班次等方式，在保障安全的前提下全力抢工期、促进度，确保3月底完成箱涵主体开挖。

自2月17日以来，北延建管部积极协调属地政府有关部门为工程建设复工营造良好的外部环境，本工程已列为地方重点工程建设项目，得到了有关单位的大力支持；各参建单位主动克服疫情影响，积极协调当地人员及施工机械，稳妥做好人员健康筛查、疫情防控措施和安全教育等安全生产工作，确保工程建设安全平稳开展。

（初梓瑞　人民网　2020年2月25日）

南水北调中线输水 13 亿多立方米

记者从水利部获悉：日前，2019 年至 2020 年南水北调中线工程冰期输水顺利结束，整个冰期输水量达 13.78 亿立方米。在疫情防控期间，南水北调中线工程安全运行，确保了沿线 6000 万受水区群众用水安全，为企业复工复产提供重要保障。

每年 12 月 1 日到来年 2 月底为冰期输水阶段。在疫情防控期间，南水北调中线工程正值冰期运行和春节用水量变化阶段，南水北调中线建管局总调度中心根据受水区各省市的用水调整情况，紧急协调水源及沿线各省市，实时监控、联合调度，竭力满足受水区需求。为了消除冰冻灾害对输水调度的安全影响，总调度中心根据冰期输水调度方案，保持总干渠高水位运行，加强冰期输水水温、流速和流量观测以及工程巡查巡视，增加拦冰索、拦冰桶，添置应急抢险车。

（王浩 《人民日报》 2020 年 3 月 10 日）

南水北调中线一期工程向冀豫 25 条河流生态补水

记者 25 日从水利部了解到，自 3 月 13 日以来，南水北调中线一期工程总干渠逐步将输水流量加大至设计流量 350 立方米每秒，向河北、河南两省 25 条河流实施生态补水，确保完成 2019 年至 2020 年度华北地区 10 亿立方米生态补水任务。

水利部有关负责人说，当前正值北方春灌大好时节。华北平原是我国的小麦主产区。开春以来，河北、河南两省雨水偏少，在做好疫情防控的同时，两省水利部门采取有效措施，抓好春耕灌溉供水保障工作，各灌区陆续开闸放水。

据统计，截至 3 月 24 日，南水北调中线一期工程向河北境内包括滏阳河、七里河、泜河、滹沱河、沙河等 11 条河流补水。同时，工程也正在对河南境内包括湍河、白河、沙河、双洎河、十八里河、淇河、安阳河等14条河流实施生态补水。

“当前，我国还处在新冠肺炎疫情防控的关键时期，南水北调中线一期工程向沿线河流实施生态补水，将为打赢疫情防控阻击战、全面助力沿线城市复工复产，提供坚强的水资源基础保障。”这位负责人说。

2017年至2019年，中线一期工程连续三年利用丹江口水库汛期富余水量向部分河湖实施生态补水，累计补水12.37亿立方米。2018年9月起，水利部、河北省联合开展华北地下水超采综合治理河湖地下水回补试点工作，以南水北调中线为主要水源，向滹沱河、滏阳河、南拒马河三条重点试点河段补水累计8.52亿立方米，三条河流重现了生机。

（胡璐　新华社　2020年3月27日）

南水北调西线工程综合查勘启动

4月16日，由水利部黄河水利委员会（以下简称“黄委”）组织的南水北调西线工程综合查勘出征仪式在黄河设计院内举行。此次查勘的主要任务是对南水北调西线规划方案比选论证涉及的相关工作进行深入勘察研究。

南水北调工程是我国水资源配置的重大战略性工程，包括东线、中线、西线三条线路，连接长江、黄河、淮河和海河四大水系，构成我国北方地区“四横三纵”水脉格局。南水北调西线工程是从长江上游调水进入黄河上游，解决黄河资源性缺水的根本举措。自1952年我国首次组织对南水北调西线工程查勘以来，西线工程研究论证已逾半个多世纪，取得了大量丰富技术成果。

南水北调西线工程是支撑黄河流域生态保护和高质量发展的战略性水资源配置工程。黄委党组高度重视，积极推进南水北调西线工程前期论证工作。黄河设计院按照水利部、黄委部署，组织精干力量，数十年来对西线工程规划方案开展了大量比选论证工作。此次现场查勘由地质、勘探、物探和工程设计等方面技术专家18人组成，计划用20天左右的时间对方案涉及的隧洞

进出口、主要建筑物、重要地质构造等影响工程论证的主要节点进行调研，为年内按计划完成西线工程规划方案比选论证报告提供坚实基础。

（夏先清 《经济日报》 2020年4月21日）

南水北调东线一期工程2019—2020年度向山东省调水工作完成

4月30日12时，位于苏鲁省界的南水北调东线一期工程台儿庄泵站停机，南水北调东线总公司顺利完成水利部下达的2019—2020年度调水入山东7.03亿立方米年度任务，为历次调水年度中完成时间最早。山东境内工程将继续按计划开展省内受水区的调水工作，预计5月底前完成。

本年度从长江干流江苏扬州段三江营引水，经运西线输水，通过宝应、金湖、洪泽、泗洪、睢宁和邳州等泵站逐级提水连通洪泽湖、骆马湖等调蓄湖泊，利用台儿庄泵站抽水至山东省。南水北调水入山东省经南四湖调蓄后输水至鲁南、鲁北和胶东半岛。

为保障水利部2020年重点建设任务北延应急供水工程建设进度，东线总公司积极加强与有关单位的沟通协调，通过精细化调度方案，高效利用输水河道，与地方引黄灌溉无缝衔接，将鲁北干线受北延应急供水工程影响的德州和聊城部分区段调水工作成功提前至2020年3—4月，较往年提前一个月完成。此外，为推进小清河防洪综合治理工程进程和配合东平湖二级湖堤维修养护工作，通过优化泵站运行方案，调节河渠输水流量，在确保年度水量调度计划高质量完成基础上，满足了工程建设需要。

南水北调东线一期工程自2013年11月15日正式通水以来，已顺利完成7个年度的向山东省调水任务，累计调入山东省水量46.1亿立方米，抽江水量超330亿立方米，工程运行安全平稳，调水水质经监测达到地表水Ⅲ类标准，取得了良好的工程效益、社会效益、生态效益。

（陈晨 《光明日报》 2020年5月6日）

南水北调中线工程向天津供水 50亿立方米成为天津主力水源

“水真甜。”5月3日，在天津市静海区大丰堆镇后明水厂附近的后明庄村，居民王大娘不由感慨，“这辈子能喝上好水，以前真的不敢想。现在，作为一个天津人感觉生活很幸福。”

受益于“城市自来水村村通”工程，天津市静海区6个乡镇的55个村约6万居民去年就喝上了南水北调水。自2018年起，天津市启动新一轮农村饮水提质增效工程，通过延伸自来水管网等措施，改善了全市1157个村、129.9万农村居民饮水质量，逐步实现农村供水城市化和城乡供水一体化。

大力实施扶贫助困和乡村振兴战略，天津市委市政府的底气来自于南水北调中线工程。截至5月3日，南水北调中线天津干线工程累计向天津市引调长江水50亿立方米，供水范围覆盖天津市中心城区、环城四区及滨海新区等14个行政区，近千万人受益。南水北调水已经成为天津市的主力水源，发挥了显著的社会效益、经济效益和生态效益，为天津市经济社会的可持续发展和人民生活水平提高提供了强有力的水资源保障。

远水解近渴　供水量逐年增加

拥有1600多万人的天津市是我国资源型缺水的特大城市，属重度缺水地区。南水北调中线工程通水前，城市生产生活主要靠引滦调水解决，农业和生态环境用水靠天吃饭，地表水利用率接近70%，远远超出水资源承载能力，水资源供需矛盾十分突出。作为一个特大城市，天津市城市生产生活主要依靠引滦单一水源，有很大的风险性。南水北调中线工程通水后，天津市在引滦工程的基础上拥有了一个充足、稳定的外调水源，中心城区、滨海新区等经济发展核心区实现了双水源保障，城市供水“依赖性、单一性、脆弱性”的矛盾得到了有效化解。

截至2020年5月3日，南水北调中线天津干线工程共向天津供水50亿立方米，相当于350个西湖、3.5个于桥水库的水量，有效缓解了天津市水资源短缺的局面，使天津市水资源保障能力实现了战略性的突破。其中向子牙河、海河分水超过 10.4 亿立方米。

虽然有了南水北调外调水源，但要确保天津供水稳定安全，必须对南来之水进行调蓄。近两年，天津市不断加快南水北调配套工程建设步伐。2019 年 9 月 4 日，天津市引江中线配套工程王庆坨水库正式开闸蓄水，存蓄引江水 1200 万立方米。蓄水完成后，王庆坨水库将充分发挥调蓄作用，满足天津稳定供水要求，进一步提高天津供水可靠性和安全性。

按照国务院先节水后调水、先治污后通水、先环保后用水的“三先三后”的原则，作为南水北调中线受水区，天津节水工作始终走在全国前列。2005 年，天津市被命名为国家节水型城市；2010 年，天津市荣膺“全国节水型社会建设示范市”称号，建成了全国首个省级节水型社会试点。“十二五”期间，天津市水资源利用效率和效益有了显著提升，各项节水指标在全国名列前茅，实现了以有限的水资源支撑全市经济社会又好又快发展的目标。

南水北调中线工程有效促进了天津市地下水压采进程。地下水曾是天津最为可靠的供水水源之一，历史上开采量最高曾达到 10 亿立方米。中线工程通水以来，天津加快了地下水源转换和压采进程，2019 年全市地下水开采量降至 4.05 亿立方米，深层地下水开采量降至 1.1 亿立方米，提前完成了《南水北调东中线一期工程受水区地下水压采总体方案》中明确的“2020 年深层地下水开采量控制在 2.11 亿立方米”的目标。

南水北调中线工程正式通水以来，天津干线经受住了各种困难和风险的挑战，实现 1900 多天连续不间断安全供水，水质稳定达标。目前工程已进入第 6 个调水年度，向天津市供水量呈逐年提高趋势，分别完成供水量 3.31 亿立方米、9.10 亿立方米、10.41 亿立方米、10.43 亿立方米、11.02 亿立方米，除 2014—2015 调水年度因工程初期运行，控制调水流量外，其他 4 个调水年供水量均超过南水北调中线规划向天津市的分水量 8.63 亿立方米，2019—2020 调水年计划向天津市供水 12.04 亿立方米。

大国重器　高标准管理样板

南水北调中线天津干线工程全长 155 公里。南水北调中线建管局认真贯彻落实“水利工程补短板、水利行业强监管”的水利工作总基调，补齐信息化建设短板，开发中线工程巡查维护实时监管系统，打造“智慧中线”，以运行管理规范化、标准化建设为抓手，深入开展“两个所有”、精细维护、精准定价等内部管理活动，逐步把南水北调中线工程打造成为水利工程样板。

中线工程通水以来，中线建管局天津分局以问题为导向，不断推进工程运行管理规范化、标准化建设，化解各种风险因素，强化运行维护管理，形成了以运行调度为龙头、以水质保护为核心、以工程管理为基础、以信息机电为保障、以安全应急为关键的“五位一体”运行管理体系，有效应对了冰冻灾害、暴雨袭击、台风影响，实现了不间断安全供水，水质稳定达标，为天津市经济社会的发展和“美丽天津”建设提供了可靠的水源保障。

天津分局分调度中心严格落实中线建管局“统一调度、集中控制、分级管理”的调度要求和“调度安全、人员精干、管理高效、操作规范”的调度原则，拥有 2 座水质自动监测站和 1 座国家计量认证资质的水质实验室，持续开展 6 个固定监测断面 40 项指标的日常检测工作。工程通水以来，水质各项指标稳定达到或优于地表水Ⅱ类指标以上。

近年来，天津分局以“所有人查所有问题”为抓手，紧抓工程维护，全面强化工程巡查、安全保卫、警保执法、安全监测、穿跨越邻接工程审批等方面的监管，通过工程巡查监管系统，推进标准化闸站建设，确保了信息机电设施设备安全可靠运行，建立了一套完整的应急保障体系，不断提高突发事件响应、处置和综合应对能力。

政企联动　建设幸福河湖

南水北调中线工程是中国特色社会主义制度优越性的集中体现。天津市各级党委政府高度重视，在征地拆迁、移民安置、工程管理等方面给予了大力支持，体现了政治担当，确保了天津段工程与中线干线工程同步推进、同步建成、同步通水。

2014 年 8 月，坐落于天津市西青区的分调度中心按期投入使用，确保了中线工程顺利通水。近年来，天津市西青区与天津分局强化沟通合作，解决了分调度中心产权证等问题，促进了天津干线工程安全平稳向天津市供水。2017 年 7 月，天津干线天津市境内段工程土地产权证移交中线建管局，标志着南水北调工程项目法人进入了依法持有、管理和经营不动产的新阶段。

2016 年，天津市首次通过子牙河退水闸利用南水北调水向海河补充生态水量。截至2019年，累计向中心城区及环城四区生态调水10亿立方米。南水北调水有效补给了城市生产生活用水，替换出一部分引滦外调水，有效补充农业和生态环境用水，水系循环范围不断扩大。

今年4月1日，南水北调中线一期工程再次向天津市生态补水，计划增加补水6000万立方米，用于改善天津市中心城区海河等城市河道水环境面貌。

监测显示，2019年天津水生态环境质量实现历史最佳，国考断面水体优良比例达到50%，同比提高10个百分点。劣V类水体比例首次降至5%，同比下降20个百分点。12条入海河流消除劣V类水体，全市水环境质量显著提升。如今的海河两岸，水清、河畅，岸绿，天蓝。通过南水北调工程向海河生态补水，极大地改善了津城百姓的人居环境。

投之以李，报之以桃。南水北调工程通水以来，天津市更加重视南水北调工程保护工作，划定了水源保护区，北辰区、西青区环保局牵头，设立了水源保护区标志，拆除了工程沿线一系列违章建筑，承担起守护一渠清水永续进津的安全保卫重任。

新冠肺炎疫情伊始，天津分局党委班子迅速成立应对新型冠状肺炎疫情工作领导小组，制订相关制度，严格防控措施，紧急购置疫情防控物资，对工作生活环境每日多次消毒，加强人员出入管控，开启远程办公，保障了运行管理日常工作有序开展。一滴水体现大民生。为了确保天津1600万人疫情期间饮水安全，中线建管局全体员工坚守岗位，抓好人员安全、输水安全、工程安全，严格监督检查，精准施策，确保了工程足额供水。

（陈晨　许安强　哈达《光明日报》　2020年5月8日）

南水北调工程综合效益凸显

记者日前从水利部获悉：南水北调东线一期工程2019—2020年度向山东调水7.03亿立方米，圆满完成年度任务。工程正式通水以来，已顺利完成7个年度的向山东调水任务，累计调水超46亿立方米，取得了良好的工程效益、社会效益、生态效益。

截至5月3日，南水北调中线天津干线工程累计向天津市引调长江水约50亿立方米，供水范围覆盖天津市14个行政区，近千万人受益。南水北调水已成为天津市的主力水源。

（王浩 《人民日报》 2020年5月8日）

南水北调中线工程首次以设计最大流量输水 向京津冀豫输水290亿立方米

5月9日8时30分，南水北调中线工程陶岔渠首，清澈的丹江水穿过闸门，欢涌向北。监测显示，此刻的入渠流量为420立方米每秒，这是中线工程首次以设计最大流量进行输水，以这个流量5秒钟即可充满1个标准游泳池。

南水北调中线干线工程全长1432公里，交叉建筑物2385座，运行管理任务十分艰巨。自2014年12月12日建成通水以来，经受住了设计标准流量350立方米每秒的检验，以及汛期和冰期输水的考验，运行状况良好。截至5月9日，中线工程累计向河南、河北、天津、北京平稳输水290亿立方米，成为沿线24座城市供水的生命线，通过实施生态补水，成为助力我国生态文明建设的重要力量。

今年入春以来，丹江口水库来水情况较好，随着汛期来临，迫切需要腾库迎汛。这为持续开展丹江口水库洪水资源化利用，推进生态补水常态化创造了条件，水利部决定实施中线工程加大流量输水工作。从4月29日开始，逐步调增陶岔渠首输水流量，加大流量输水过程预计持续到6月中旬。

“从世界各国大型调水工程运行的规律看，大型调水工程达到设计输水流量一般需要一个较长的时间，超大型跨流域调水工程所需要的时间更长，中线工程在第6个调水年度就实现加大流量输水设计目标，这是对工程建设质量和运行管理水平的重要考验。”南水北调中线干线工程建设管理局总工程师程德虎介绍说。

华北平原是我国地下水超采最严重的地区。据测算，每年华北地区超采55亿立方米左右，目前华北地区地下水超采累计亏空1800亿立方米左右，形成多个地下水位降落漏斗。华北平原地下水超采历史欠账多，实现采补平衡及地下水水位回升将是长期的过程。2019 年 1 月，水利部、财政部、发展改革委和农业农村部共同印发《华北地区地下水超采综合治理行动方案》，这是我国首次提出的大区域地下水超采综合治理方案，南水北调中线工程承担着地下水超采回补的重任。

2017 年至 2020 年，按照水利部部署，南水北调中线工程在保证沿线大中城市正常生活用水的前提下，连续 4 年利用丹江口水库汛期富余水量，实施向沿线河湖生态补水，目前累计生态补水达 34.92 亿立方米，华北地区地下水资源得到涵养修复，局部地下水水位止跌回升，生态补水区域周边地下水水位回升更为明显。石家庄滹沱河、邢台七里河、郑州贾鲁河等部分河流水质明显改善，为解决华北地区地下水超采问题，促进沿线生态环境改善写下浓墨重彩的一笔。

（余璐　人民网　2020 年 5 月 13 日）

疫情对南水北调等重大水利工程有什么影响？专访魏山忠

水是生命当中最重要的元素。在思想文化中，“水”承担着更为重要的符号角色。在西方古典哲学中：万物皆从水生，万物终归于水。我们每一个人、每一天都离不开水。水是生存之本、文明之源、生态之要。

在今年，新冠肺炎疫情对南水北调工程、三峡工程等有什么影响？我国气象水文年景总体偏差，极端事件偏多，防汛抗旱工作有多大压力？脱贫攻坚收官之年，能否彻底解决全国 2.5 万贫困人口饮水安全问题？

今天央广会客厅节目的嘉宾，是与水打了半辈子交道的水利部副部长魏山忠，一起畅谈：水利工作关系百姓生命安全。

问：请您为我们介绍一下目前湖北水利工程的建设情况。

答：水利部高度重视新冠肺炎疫情给湖北水利建设带来的影响，5 月 6 日，鄂竟平部长与湖北省委省政府主要领导视频连线会商，共商水利部保障湖北“六稳”“六保”工作大计和疫后重振水利工作的举措。

一是对在建工程加大中央投资倾斜度，今年已经安排中央投资54亿元，支持湖北各类水利工程建设。二是对前期工作完备的项目加快开工建设，对初步设计已审批的9座大中型病险水库除险加固项目，全部安排中央投资支持开工建设。三是对基础较好的项目加快推进，将湖北省前期工作有一定基础，不存在重大制约因素的8项重大水利工程项目，全部纳入到2020—2022年重大水利工程建设的实施方案，加大前期工作力度，推动尽早的开工建设。在积极推进工程复工的基础上，还对有明确度汛要求和重要时间节点目标的工程进行全面梳理，形成了具体的问题清单。确保工程安全度汛，确保重要节点任务按期完成。下一步水利部将在国家“十四五”水安全保障规划的项目安排和中央水利投资计划安排上，继续加大对湖北水利建设的支持力度，为湖北省统筹疫情防控和经济社会发展贡献更多的水利力量。

问：南水北调东线一期北延应急供水工程在2月下旬正式复工，目前这方面的工作进展如何？

答：2月23日，施工1标油坊节制闸及箱涵工程开始土方开挖，标志着工程正式复工，目前工程已经全面复工。针对疫情影响带来的工程进度滞后等情况，下一步我们将督促建设单位在抓好疫情防控的同时，进一步优化施工组织，在保障安全的前提下，全力抢工期出进度，确保完成今年的年度建设任务。

问：水利部还计划开展东线二期工程、中线引江补汉工程可行性研究报告的编制工作。那这些考察恢复得怎么样了？

答：针对疫情影响，水利部采取多项措施，关键抓了三个方面的工作：一是利用视频开展调度会商。二是设计单位创新工作方式，加快推进勘测设计进度。三是审查单位提前介入，加强技术指导。经过努力，目前来看，东线二期工程可研阶段的工作，总体上进展顺利，主要节点工期能够按照原来的计划完成。中线引江补汉工程由于它地处湖北，设计单位也在武汉市，前期工作还面临较大的挑战。随着疫情的逐步好转，目前外业工作已经全面复工，内业工作正在全面赶工，下一步我们将进一步充实力量，压茬推进，力争按期完成可研报告的编制工作。

问：疫情对三峡工程的运营是否产生影响？

答：首先我可以肯定地告诉大家，三峡工程在疫情期间运行稳定。一是持续地向下游补水，为保长江中下游供水安全发挥了重要的作用。二是保电力的供应。三峡电站作为优质的调峰电源，在快速响应电网高峰用电需求，保障电网运行安全方面发挥了重要的作用。三是确保航运的安全畅通。通过实施封闭的运行管理，畅通检修人员、检修设备、备件供应通道，全力以赴确保三峡船闸安全稳定的运行和货物物流的畅通。截止到今年 4 月份，本年度三峡船闸累计过闸货运量已经达到 4100 多万吨。

问：7 月下旬和 8 月上旬是每年的汛期，今年汛期防汛备汛工作怎么样了？另外，疫情刚过，今年的水文年景怎么样？

答：据水文气象部门的预测，今年我国气象水文年景总体上偏差，极端事件偏多，涝重于旱。我们将重点做好以下 4 个方面的工作：

一是强化监测预报预警，有力应对水旱灾害。二是立足防御超标洪水，落实落细预案措施。三是提升能力，强化监管，保障水库的安全度汛。同时要加强责任人的履职培训，提升小型水库的安全管理能力。四是抓好山洪灾害的防御，确保人民生命安全。我们还计划开展 105 个县山洪灾害防御的督查暗访，来督促防御措施切实落到实处。

问：水利部正集中力量完成农村饮水安全巩固提升目标，确保在 6 月底前，全面解决贫困人口饮水安全问题，年底前解决 300 万氟超标人口饮水问题。目前距离 6 月底还剩一个月的时间了，贫困人口饮水安全问题解决到什么程度了？

答：截至 2019 年底，全国仍有 2.5 万贫困人口的饮水安全问题亟待解决，涉及新疆伽师县和四川凉山州 7 个县。

新疆维吾尔自治区水利厅及时调整策略，安排前期工作，优化施工方案。3 月 1 日已经全面复工，复工后通过多开施工工作面，截止到 5 月中旬，新疆伽师县新的供水系统已经全面通水试运行，5 月底可实行正常的供水。

四川省水利厅 2 月份组织召开视频调度会，派出了 157 人的综合帮扶队和挂牌督战队，快速推进农村饮水安全工程开工复工，续建工程 2 月 25 日前全部复工，新建工程 3 月底前全部开工建设。截至 5 月中旬，四川凉山州已完成工程建设资金 3.06 亿元，397 处续建工程已完工 244 处，116 处新建工程已完工 10 处，剩余工程拟于 6 月底前全部完工通水。

同时水利部也对这 8 个县进行挂牌督战，在由部领导带队深入现场暗访督战的基础上，水利部还组织 30 人的督查队伍，分成 7 个组，对凉山州 7 个县进行较大规模的暗访核查和现场的督战，从我们暗访和督战掌握的情况看，6月底前剩余农村贫困人口饮水安全问题能够得到较好的解决。

（中央广播电视总台央广　2020年5月27日）

南水北调300亿立方米
中线工程泽被6000万人

6月3日，南水北调中线总干渠淇县三里屯分水口门120公里外，河南省濮阳市清丰县固城乡刘张庄村52岁的姜英霞早早起来，打开水龙头，接满一锅水，点燃液化气灶，为3岁的小孙女熬上最爱喝的小米粥。受益于“丹江水润清丰”城乡供水一体化工程，清丰全县群众72万人喝上了南水北调水。

2014年12月12日，南水北调中线工程正式通水。截至2020年6月3日，丹江口水库经陶岔渠首入总干渠水量达到300亿立方米。和城里人一样，享受到“同水源、同管网、同水质、同管理、同经营、同服务”的姜英霞是沿线6000万受益群众的一个缩影。

南水北调中线工程正式通水以来，工程沿线省市按照水利部部署，大力实施城乡供水一体化工程和农村安全饮水工程，积极消纳南水北调用水指标，加快构建与全面建成小康社会相适应的水利基础设施和南水北调配套工程网络，取得显著成效，为国家供水安全、生态安全提供了强有力的保障，为南水北调后续工程早日开工奠定了良好基础。

水质好：喝好水奔小康

从中华龙脉秦岭发源，汉水吸纳众多支流，在丹江口汇聚成浩瀚的人工湖。喝上好水是全面建成小康社会的重要衡量指标之一。好水来自水源区的生态保护。党中央、国务院在规划阶段，就明确了“先节水后调水、先治污后通水、先环保后用水”的原则，将水源区纳入重点流域治理范围，从规划、政策、制度等层面加强顶层设计，实施了丹江口库区及上游水污染防治和水土保持“十一五”“十二五”规划，水源区 43 个县和重点乡镇全部建成污水处理厂，垃圾处理设施实现全覆盖。相关地区关停规模以上污染严重的企业超过 500 家，叫停和否决了 300 多个新上项目，建设库周生态隔离带，清理网箱养殖，入库污染物总量得到有效控制。中线工程沿线省市在中线总干渠两侧分别划定了一级水源保护区和二级水源保护区，对保障饮用水安全起到了积极作用。

随着中线工程沿线省市大力推进城乡供水一体化，农村农民饮用上南水成为新的时尚。55 岁的石运章家住邯郸市曲周县曲周镇小河道村，说起家乡的过去，他用一句顺口溜概括，“夏天水汪汪，秋天白茫茫，只听蛤蟆叫，不见粮归仓”，因为地处黑龙港地区，曲周县是有名的苦咸水、盐碱地。新中国成立后，中国农业大学专门在此设立研究课题。如今，借助城乡供水一体化和农村饮水安全工程，喝上南水北调好水的他十分满足：“下地干活回来可以美美洗个太阳能热水澡，卫生间里安上了冲水马桶，自己过去饱受苦咸水的经历在孩子这一代身上不会重演了。”

中线工程通水五年多来，丹江口水库和中线干线供水水质稳定在Ⅱ类标准及以上。河北省黑龙港流域 500 多万人告别了饮用高氟水、苦咸水的历史。沿线群众饮水质量显著改善，北京市自来水硬度由过去的 380 毫克/升降至 130 毫克/升。

水量多：河清岸绿百花香

300 亿立方米南水里，有 40 亿立方米为生态水。

南水北调工程既是战略工程、民生工程，也是生态工程，南水不仅改善修复了受水区水生态环境，增加了受水区生产生活供水量，还大大缓解了城市生产生活用水挤占农业用水、超采地下水的局面。

安阳河是安阳的母亲河，发源于林虑山。随着工农业快速发展，上游来水逐步偏少，河水污染也越来越严重，母亲河成了一条排污沟。近几年，通过南水北调生态补水，安阳河水逐渐变得清了起来。在安阳河河岸公园，人们三三两两，散步、游泳、钓鱼，“我从小就住在安阳河附近，安阳河这几年的变化我都看在眼里。现在，我每天一有空就到这里玩儿。”家住安阳河附近的居民蒲女士说，谁不想到近水、亲水、乐水的好地方来玩呢！

促进生态文明建设是南水北调工程新的历史使命。自 2017 年起，中线工程已连续4年利用丹江口水库汛期弃水及供水计划内水量向沿线受水区40余条河道生态补水，累计补水近40亿立方米。沿线受水区通过水资源置换，压采地下水，促进了区域地下水水位的明显回升。截至2019年10月，北京市平原区地下水埋深平均为22.81米，与上年同期相比回升0.63米，地下水储量增加3.2亿立方米；河北省2016年浅层地下水水位由治理前每年上升0.48米增加到0.74米，深层地下水水位由每年下降0.45米转为上升0.52米，补水后河道沿线5公里范围内，浅层地下水水位上升0.49米；河南省受水区地下水水位平均回升0.95米。

生态补水后，北京密云水库蓄水量自2000年以来首次突破26亿立方米，提高了首都供水保障程度。河北省12条天然河道得以阶段性恢复，向白洋淀补水约2.5亿立方米，瀑河水库新增水面370万平方米。河南省焦作市龙源湖、濮阳市引黄调节水库、新乡市共产主义渠、漯河市临颍县湖区湿地、邓州市湍河城区段、平顶山市白龟湖湿地公园、白龟山水库等河湖水系水量明显增加。北京市利用南水向城市河湖补水，城市河湖水质明显改善。天津地表水质得到了明显好转，中心城区4条一级河道8个监测断面由补水前的Ⅲ类～Ⅳ类改善到Ⅱ类～Ⅲ类。

根据国务院批准的《华北地区地下水超采综合治理行动方案》，水利部会同河北省共同实施了利用南水北调中线工程等水源，为河北滹沱河、滏阳河、南拒马河等试点河流实施生态补水。目前，试点河段两侧10公里范围内地下水水位显著回升，滹沱河地下水水位最大升幅1.91米，滏阳河地下水水位最大升幅1.70米，南拒马河地下水水位最大升幅1.08米。

中线工程还带动了沿线生态带的建设。目前，中线工程沿线形成了一条1200多公里长、几十米至数百米宽的生态景观带。焦作市利用穿城而过的中线工程总干渠，在两侧修建了10多公里长的带状生态公园，起名天河公园。园中绿树红花，亭台楼榭，曲径通幽，形成了约2000亩的城市绿地。清晨和傍晚，游人如织，受到了市民群众的一致称赞。石家庄、郑州、邢台等城市，也相继在总干渠两侧建设了生态公园，既方便了群众，也保护了总干渠水质。

水安全：如履薄冰护健康

截至6月3日，中线工程已经安全输水2000天。

这 2000 天，南水北调人以水滴石穿的耐心，如履薄冰，确保运行安全，从根本上改变了受水区供水格局，从原规划的补充水源逐步成为沿线城市生活用水的主力水源。

北京城市用水量 75%以上为南水，中心城区供水安全系数由 1.0 提升至 1.2；天津 14 个行政区居民用上了南水，南水成为天津供水新的生命线；河南有 13 个城市受益，其中多个城市主城区 100%使用南水；河北有 9 个城市受益。

南水北调中线工程带动了沿线地区产业结构调整和优化升级。通水五年多来，北京、天津、石家庄等北方大中城市基本摆脱缺水制约，有力保障了京津冀协同发展、雄安新区建设等重大国家战略的实施。

受水区更加珍惜来之不易的南水。沿线省市实行区域内用水总量控制，加强用水定额管理，带动发展高效节水行业，淘汰限制高耗水、高污染行业，提高了用水效率和效益，关停并转一大批污染企业，加快了产业结构调整的步伐；通过建立合理的水价机制和加强宣传，提升人们的节约用水意识。

每年 12 月 1 日到来年 2 月底为中线工程冰期输水阶段。南水北调中线建管局制定冰期输水调度方案，加强冰期输水水温、流速和流量的观测以及工程巡查巡视。全线增加 28 条拦冰索、拦冰桶，在重要控制闸前安装喷淋式、水下吹气式扰冰装置。如今，中线工程已经经过 6 个冰期和 5 个汛期的考验，初步形成了冰期和汛期应对极端天气的一整套措施，积累了较为丰富的输水调度和安全运行管理经验。

作为沿线 20 多座大中城市 100 多个县市的生命线，南水北调中线工程更是企业复工复产的重要保障。在新冠肺炎疫情防控期间，南水北调中线建管局精准调度，科学应对，展现出高效的应急管理能力，分布在沿线各个岗位上的南水北调人忙而不乱，充分利用现代信息化建设成果，初步具备了现地管理处所有的人员独自查出管理范围内所有问题的能力，人人都是“多面手”，把思想和行动深深融入到保障输水安全的工作中，保障了沿线 6000 万受水区群众的用水安全。

（余璐　人民网　2020 年 6 月 5 日）

南水北调中线累计调水306亿立方米

记者近日从水利部获悉：截至6月21日，南水北调中线一期工程累计调水306亿立方米，其调水量相当于黄河年径流量的一半还多，惠及四省市6700万人左右，有效保障受水区复工复产用水需求。

南水北调中线一期工程自4月29日正式启动420立方米每秒加大流量输水工作，6月21日圆满结束，工程运行良好，调度平稳有序。

（王浩 《人民日报》 2020年6月23日）

南水北调中线加大输水量实现生态补水9.5亿立方米

21日，南水北调中线一期工程420立方米每秒加大流量输水工作结束，工程运行良好，调度平稳有序。期间输水19亿立方米，其中生态补水9.5亿立方米，提升了华北地区地下水超采综合治理成效。

这是记者21日从水利部了解到的。水利部有关负责人介绍说，2019年，水利部联合有关部门印发《华北地区地下水超采综合治理行动方案》。这是我国首次提出大区域地下水超采综合治理方案，南水北调中线工程承担着地下水超采回补重任。

为了充分利用丹江口水库汛前富余水量，南水北调中线一期工程自4月29日正式启动此次加大流量输水，陶岔入渠流量按计划逐步从350立方米每秒设计流量提升至420立方米每秒加大设计流量。目前已历时50余天，输水19亿立方米，向沿线35条河流生态补水9.5亿立方米，缓解了华北一些地区“有河皆干、有水皆污”的困局，恢复了河道基流，河道水质有所改善，沿线地下水位逐步抬升。

据了解，自南水北调中线一期工程通水以来，沿线受水区水资源得到有效补充，通过相机实施生态补水，受水区地下水超采局面得到遏制，部分地区地下水位回升明显。据河北省地下水超采区地下水位监测情况通报显示，截至今年5月底，全省深层超采区地下水位平均埋深与上年同比上升1.85米，有47个县（市、区）水位回升，衡水、保定、廊坊等地上升明显。地处邢台市七里河下游的狗头泉、百泉干涸了多年，今年实现稳定复涌。

“通过加大流量输水，验证了工程大流量输水能力，膨胀土段、地下采空区渠段等特殊地质区段也经受了检验。”水利部这位负责人说，工程满足加大流量输水设计工况，为南水北调中线一期工程全线竣工验收工作提供了重要支撑。

（胡璐　新华社　2020年6月23日）

南水北调东线一期工程北延应急供水工程“主汛期前大干40天”活动结束

记者24日从南水北调东线总公司获悉，北延应急供水工程“主汛期前大干40天”活动于日前结束，既定建设目标顺利完成。

据南水北调东线总公司统计，活动期间，42.27公里的建设范围内34个作业面同时作业，累计投入人员1244人，投入设备186台（套）。

记者了解到，南水北调东线一期工程北延应急供水工程于2019年11月28日在山东临清开工，总工期21个月。工程实施后，水源地向京津冀地区供水的能力将得到明显提升，有力缓解华北地区地下水超采状况并促进沿线重要河湖湿地生态修复和改善。

为抢夺滞后工期，落实疫情防控措施，并结合北延应急供水工程渠道衬砌工程的建设特点，北延建管部组织参建各方充分利用主汛期前40天施工作业黄金时期，于6月14日正式启动南水北调东线一期工程北延应急供水工程“主汛期前大干40天”活动。

（刘一荻　中央广播电视总台央广　2020年7月27日）

南水北调东线总公司：北延应急供水工程河道衬砌完成过半

9月16日，南水北调东线一期北延应急供水工程河道衬砌累计21.14公里，已完成河道衬砌总量的50%。

南水北调东线一期工程北延应急供水工程是贯彻落实我国华北地下水超采综合治理的重要举措之一，于2019年11月底开工。河道衬砌工程位于南水北调东线一期工程范围内，调水运行和工程建设交叉，为确保调水完成后快速具备衬砌施工条件，北延建管部提前协调施工用电、水、道路及抽排水通道等，确保工作顺利施工。

据南水北调东线总公司负责人介绍，北延应急供水工程河道衬砌工程共42.27公里，包括12公里小运河现浇混凝土边坡衬砌，11.32公里六分干混凝土预制块全断面衬砌和18.95公里七一河混凝土预制块边坡衬砌。除河道衬砌工程外，北延应急工程建设内容之一的油坊节制闸及箱涵工程目前取得显著进展。

（刘一荻　中央广播电视总台央广　2020年9月23日）

南水北调东线一期工程北延应急供水工程顺利进行完成40%

2019年1月，四部委联合印发《华北地区地下水超采综合治理行动方案》（以下简称《行动方案》），要求抓紧实施南水北调东线一期工程北延应急供水工程（以下简称南水北调北延工程）建设。经济日报—中国经济网记者从南水北调办宣传部获悉，目前，建设工作顺利开展，已完成总工程量40%。

截至目前，南水北调北延工程油坊节制闸及箱涵工程已完成全部土方开挖及水泥土搅拌桩基础处理工作，完成22个标准段底板、12个标准段侧墙顶板，以及节制闸底板、侧墙顶板和进出口段部分翼墙混凝土浇筑。

渠道衬砌工程累计完成渠道衬砌18.7公里，占比44.2%，其中小运河6.3公里、六分干4.7公里、七一河7.7公里；完成齿墙浇筑23.1公里，占比

54.6%，其中小运河 7.7 公里、六分干 5.9 公里、七一河 9.5 公里；完成六棱块预制 237.3 万块，占比 58.0%，其中六分干 109.8 万块，七一河 127.5 万块。

据南水北调相关负责人介绍，南水北调北延工程采用双线输水格局。自穿黄工程出口，经东线一期工程小运河输水至邱屯枢纽，线路长 98 公里。邱屯枢纽以下至杨圈采用西线、东线双线输水，西线通过邱屯枢纽向位山引黄线路分水，经穿卫倒虹吸入河北省，经东干渠、新清临渠、清凉江，于杨圈涵洞入南运河，线路长 208.3 公里；东线自邱屯枢纽沿一期引江线路即六分干、七一六五河至六五河节制闸后继续沿六五河向下游输水，通过潘庄引黄穿漳卫新河倒虹吸，于四女寺闸下至南运河杨圈，线路长 217.3 公里；东线、西线自杨圈汇合后，沿南运河继续向下游输水至九宣闸，线路长 134.7 公里。

南水北调北延工程作为《行动方案》中的重要调水工程，它将通过深挖东线一期工程的潜力和适当延长供水时间，增加向京津冀地区供水能力：向河北省、天津市地下水压采地区供水，缓解华北地下水超采状况；相机向衡水湖、南运河、南大港、北大港等河湖湿地补水，改善生态环境；并为向天津市、沧州市城市生活应急供水创造条件。

据了解，南水北调北延工程于 2019 年 11 月 28 日在山东临清开工，总工期 21 个月。工程建设后，未来供水范围将涉及河北省邢台市、衡水市、沧州市的 21 个县（市、区），以及天津的静海区。每年将增加向京津冀地区供水约 4.9 亿立方米，利用这个水源来置换河北和天津深层地下水超采区农业用水 1.7 亿立方米，将有力缓解华北地区地下水超采状况并促进沿线重要河湖湿地生态修复和改善。

（石兰 《经济日报》 2020 年 9 月 29 日）

南水北调中线一期工程年度供水及生态补水均创历史新高

记者从水利部获悉，日前，南水北调中线一期工程陶岔渠首年度累计供水量 78.2 亿立方米，相机实施受水区生态补水 22.93 亿立方米，同比均创历史新高。

据了解，今年3月，针对前期丹江口水库实际入库水量较多年平均偏多的情况，长江水利委员会在确保疫情防控的前提下，组织委属相关技术单位通过远程办公、视频会商、电话沟通等方式，编制完成丹江口水库2020年3月至6月中旬消落计划，明确了丹江口水库汛前逐月消落水位目标，合理安排了丹江口水库各口门供水流量，并适时增加生态补水水量。

4月，长江水利委员会结合汉江及丹江口水库水雨情实况和来水预测分析，组织制定了南水北调中线一期工程加大流量输水工作方案，提出丹江口水库具备加大供水条件。根据水利部的工作安排，4月29日至6月20日陶岔渠首实施了加大流量输水，5月9日8时30分陶岔渠首供水流量首次实现420立方米每秒供水，整个过程历时53天，不仅提前完成了年度生态补水任务，还对南水北调中线输水能力及加大流量的运行状况进行了全面检验，并为缓解北方受水区用水紧张局面、改善生态环境提供了水源条件。

相关负责人对人民网记者表示，汛期，按照水利部批复的2020年度丹江口水库优化调度方案，根据丹江口水库实际来水蓄水情况和水文滚动预测预报，在保障防洪安全的前提下，长江水利委员会实施了丹江口水库优化调度，及时增加汉江中下游下泄流量，有效控制了水库水位，减少水库弃水。同时，利用充足的洪水资源，继续实施南水北调中线一期工程加大流量输水，相机增加向北方各省市的供水量。

据相关数据显示，2019年11月至2020年9月20日期间，南水北调中线一期工程累计通过陶岔渠首供水量达到78.2亿立方米，相机实施受水区生态补水22.93亿立方米，达到2014年通水以来的最大值，工程运行正常，充分发挥南水北调中线一期工程的供水功能，丹江口水库的防洪、供水、生态、发电等综合效益，取得了显著的成效。

（余璐 《人民日报》 2020年10月13日）

南水北调工程社会效益显著
直接受益人口逾1.2亿人

记者从南水北调中线建管局了解到，焦作市南水北调配套水厂建设的最后一个节点——府城水厂牧野加压泵站近日成功并网运行，这标志着焦作市中心城区近百万市民全部用上南水北调水，从此不再饮用水质硬度偏高、水垢偏多的地下水。事实上，受益的不只是焦作。南水北调工程通水以来，南水北调水逐步由补充水源成为沿线城市生活用水的主力水源，社会效益远超预期。

按照最初规划，南水北调水是北方地区的补充水源，但工程建设通水后，为受水区开辟了新的水源，黄淮河平原、胶东半岛的供水格局和水资源配置得到优化和改善，沿线居民用上了优质的“南水”，“南水”成为许多城市供水的生命线。

供水格局改变

南水北调东、中线一期工程改变了广大北方地区的供水格局，增强了水资源承载能力。数据显示，东中线一期工程已惠及京津冀豫苏鲁六省市，累计供水量超过375亿立方米，受水区40多座大中城市、260多个县区用上了南水北调水，直接受益人口超过1.2亿人。

目前，北京的城市供水75%以上为南水，北京中心城区供水安全系数由1提升至1.2；天津市14个行政区全部用上了南水；河南受水区城市的59个县区全部受益，多个城市主城区100%使用南水；河北邯郸、石家庄、沧州等市90多个县区受益，河北省浅层地下水水位每年上升0.74米；江苏形成双线输水格局，受水区供水保证率提高了20%～30%，同时提升了苏中苏北地区防洪排涝抗旱能力。在山东省境内，南水北调干线及配套工程体系构建起了“T”字形的骨干水网格局，成为胶东半岛的供水大动脉。

南水北调东、中线一期工程有效地提升了这些城市的供水保证率，确保这些城市的供水安全，极大缓解了北方地区严重缺水矛盾。

供水水质改善

南水北调东、中线一期工程为了让百姓喝上安心水，加大治污力度、全面落实河长制湖长制，显著改善了沿线群众的饮水质量，人民群众获得感、幸福感显著增强。

为了治理微山湖，山东济宁和江苏徐州河湖长牵手，同谋划、同部署、同监督。河南省河长制从大江大河，延伸到所有河湖和小微水体。天津把253条河道和重要沟渠纳入“河长制”考核，水质得到明显提升。

汩汩清水是最好的见证：通水以来，丹江口水库和中线干线供水水质稳定在Ⅱ类标准及以上，中线源头丹江口水库水质95%达到Ⅰ类水，中线干线输水过程中80%以上水量为Ⅰ类水；东线工程在通水前对河道湖泊污染等方面进行了全方位综合治理，水质由通水前的劣Ⅴ类变为总体稳定在Ⅲ类水标准，核心区水质达到Ⅱ类水标准。

北京市自来水硬度明显降低，由过去的380毫克每升降至130毫克每升。沧州、衡水、邯郸等地区，有500多万群众告别了长期引用高氟水和苦咸水的历史。生活在石家庄的市民杜晓娜说：“我们城圈里包括周边的百姓都用上了南水北调水，过去水垢一大层，现在都没有了，水的口感也比以前好多了。”

南水北调工程是实现我国水资源优化配置、促进经济社会可持续发展、保障和改善民生的重大战略性基础设施。东、中线一期工程自2013年、2014年分别通水以来，工程安全平稳运行，供水量持续增长，水质稳定达标，随着后续工程的规划与实施，南水北调将持续发挥工程效益，更多更好造福沿线人民群众。

（唐婷 《科技日报》 2020年10月13日）

南水北调：科技保驾“南水”安全北流

10月16日至20日，南水北调中线干线工程建设管理局下属的5个分局分别举行2020年度开放日活动，主题为“智慧中线，安全调水”，展示南水北调中线工程如何依靠科技手段，实现安全调水。

水利部发布的最新数据显示，南水北调中线2020年度向北方供水及生态补水均创历史新高，向河南、河北、天津、北京供水83亿立方米，其中生态补水23.6亿立方米，工程运行正常，科技在南水北调中发挥着重要作用。

科技助力长江水穿越黄河北上

站在南水北调中线穿黄工程的黄河南岸明渠前，记者通过正在拍摄中的无人机遥控器显示屏，看到了长江与黄河“相会”的震撼画面：从丹江口水库沿着南水北调中线干渠奔流而来的长江水，从这里穿越黄河河床，出黄河北岸，继续北流。

位于郑州市西约30公里处的穿黄工程，是南水北调中线的咽喉工程，总长19.3公里，其中两个平行的穿黄隧洞各长4.25公里，深埋河床下23米至35米处。当初穿黄工程的建成，是中国科技实力的展现，如今调水北上，确保工程安全、调水安全，同样是科技在唱主角。

“我们采用穿黄数字管理系统，实现穿黄隧洞工程全景数据三维建模，直观准确地了解建筑物结构、设备布置等情况，同时融合安全监测、水质信息、水情数据等实时信息，实时体现穿黄工程的运行状态，做到科学管理和精细维护。”南水北调中线干线穿黄管理处工程师李国勇说。

在穿黄工程维护和确保调水安全方面，工作人员还应用机器人对水下工程实体进行检查；通过无人机巡查监测黄河水位、流态及外部安全隐患；采用声学标记系统对渠内鱼类繁殖、洄游状态进行研究监测，提升渠道生态保护能力；采用远程物联网技术，设置温湿度远程监控系统对运行设备及材料进行科学管理。

南水北调中线自2014年12月通水以来，供水量持续增长，水质稳定达标，已成为众多沿线城市供水的生命线。南水北调中线建管局通过现代化的科学运行管理，确保了一江清水安全北流。

科技“海陆空”保驾安全调水

“当发生突发性水污染事件时，我们用无人机代替人工采集水样，确保工程供水安全、水质稳定达标。”

在南水北调中线建管局河南分局举办的开放日活动现场，工作人员正在向人们演示水样采集，一架从干渠里采了水样的无人机在水质应急监测车前降落，工作人员迅速对水样进行检测。

在水质监测方面，南水北调中线干线上设有13个水质自动监测点。与此同时，水质监测人员开展人工水质监测，与自动监测配合，确保水质安全。目前，中线干线供水水质稳定在Ⅱ类标准及以上。

在水质应急监测车附近，两名工作人员正在操控着干渠里的水下机器人。工作人员告诉参观者：水下机器人在南水北调中线工程应用广泛，像闸门检测、砌板检测、修复效果检查、水生生物检查等。它能较好地解决低能见度、沉积物环境下的缺陷识别，长时间、大范围内的精确定位和导航，以及蛙人潜水风险等问题。

“我们天上有无人机用于应急取样，水下有机器人用于工程维护，我身旁是一台新研制的边坡除藻多功能车，用于边坡除藻。像这样的科技手段还有很多，确保南水北调一江清水安全北送。”河南分局水质监测中心工程师张铁财说。

打造智慧化调度工程管理样板

记者了解到，南水北调中线建管局已建成以控制专网为核心的基础保障体系、以输水调度为核心的自动化调度体系和以办公信息化为核心的运行管理体系，持续提升工程管理现代化水平。

“中线工程全长1432公里，交叉建筑物2385座，全线节制闸、退水闸、分水口门众多，闸站监控系统、日常调度系统、水量调度系统是中线工程自动化调度的核心生产系统。三者相辅相成，实现远程自动化调度无人值班和少人值守目标。”南水北调中线信息科技有限公司副总经理孙维亚说。

在以办公信息化为核心的运行管理体系方面，工程巡查维护系统采用一系列科技手段，做到“巡检有计划、过程有监督、事后有分析、处理可追踪”；安全监测系统通过全线布设的8万多个安全监测点，实时监测干渠安全；物联网应用系统实时监测全线设备运行环境，实时监控渠道人员进出安全；“中线天气”应用系统分析汛期降雨和影响范围，提前判断，发出预警。

南水北调中线建管局还开发了“中线一张图”时空信息服务平台，将工程信息、实时运行信息、基础空间信息、遥感及无人机实景信息等浓缩进“一张图”，为业务和决策提供全面数据支撑。

据介绍，南水北调中线建管局未来将全面推进“智慧中线”总体发展战

略，打造智慧化调度工程的管理样板。

（刘诗平　新华社　2020 年 10 月 21 日）

着力提升管理运营水平 科学扎实有序推进南水北调后续工程建设

中国南水北调集团有限公司成立大会 10 月 23 日在京举行。中共中央政治局常委、国务院总理李克强作出重要批示。批示指出：组建中国南水北调集团有限公司，是加强南水北调工程运行管理、完善工程体系、优化我国水资源配置格局的重大举措。对集团公司成立表示祝贺！要坚持以习近平新时代中国特色社会主义思想为指导，认真贯彻党中央、国务院决策部署，加大改革创新力度，科学扎实有序推进南水北调后续工程建设，着力提升管理运营水平，为保障国家水安全和保护生态、服务经济建设和人民生活改善、促进高质量发展作出新贡献！

中共中央政治局委员、国务院副总理胡春华出席成立大会并讲话，国务委员王勇出席。

胡春华指出，组建中国南水北调集团有限公司，是以习近平同志为核心的党中央从战略和全局高度作出的重大决策。中国南水北调集团有限公司要深入贯彻习近平总书记重要指示精神，落实李克强总理批示要求，充分发挥南水北调工程战略性基础性功能，加快推进南水北调事业高质量发展。要坚定不移推进水资源优化配置，切实建好南水北调后续工程，加快形成“四横三纵”国家骨干水网，更好服务国家重大战略实施。要把确保工程持续安全运行作为生命线，有效保障工程安全、水质安全、供水安全。要不断提升南水北调工程综合效益，全面落实节水优先方针，积极支持生态修复用水和防汛抗旱。要总结推广南水北调好经验好做法，不断开创南水北调事业新局面。

胡春华强调，中国南水北调集团有限公司作为中央直接管理的唯一跨流域、超大型供水企业，要全面加强自身建设，切实履行好职责使命。要坚持和加强党的全面领导，聚焦主责主业，加快建立现代企业制度，提高经营管理水平，为提高国家水安全保障能力和水平作出更大贡献。

（《人民日报》 2020 年 10 月 24 日）

南水北调有力支撑经济社会发展

千里南水，一路向北奔涌，润泽北方大地。水利部最新发布的数据显示，南水北调中线一期工程陶岔渠首年度累计供水量 78.2 亿立方米，相机实施受水区生态补水 22.93 亿立方米，达到 2014 年通水以来的最大值，充分发挥了南水北调中线一期工程的供水功能。

南水北调是缓解我国北方水资源短缺局面的重大战略性基础设施。记者了解到，南水北调自通水以来，不仅从根本上改变了受水区的供水格局，改善了沿线生态环境，提高了大中城市供水保障率，也为我国经济社会可持续健康发展提供了重要水支撑。截至目前，北京城市用水量 75%以上为南水，北京中心城区供水安全系数由 1 提升至 1.2；天津 14 个行政区居民用上了南水；河南有 13 个城市受益，其中多个城市主城区 100%使用南水；河北邯郸、石家庄、沧州等市 90 多个县区受益，北京、天津、石家庄等北方大中城市基本摆脱缺水制约，沿线 6500 多万人民群众均受益于南水。在江苏，形成了双线输水的格局，苏中苏北地区防洪排涝抗旱能力大力提升。在山东，南水北调干线及配套工程体系构建起了“T”型输水大动脉和全省骨干水网体系，通过近 1200 公里干线工程与南水北调配套工程和其他水利工程相衔接，形成了南北相通、东西互济的现代水网工程体系，有效缓解了山东长期过度依赖黄河水和地下水的困境，实现了长江水、黄河水、当地水的优化配置和联合调度，为城市供水、沿线生态等各方面用水提供了保障，山东总受益人口达 3000 多万人。

与此同时，南水北调在推动整个受水区生态文明建设方面也发挥了重要作用。截至今年 8 月底，南水北调中线工程生态补水量累计已超 47 亿立方米，东线一期工程通过干线工程引南水向南四湖、东平湖补水超 3.74 亿立方米。通过实施华北地区生态补水，南水北调向沿线七里河、滹沱河、瀑河、北拒马河等 20 条河流得到生态补水，天然河道得以阶段性恢复，水生态环境也得到改善。河北省石家庄的滹沱河曾一度断流，南水北调让它再一次恢复生机。“近两年有了水，能看见小鱼小虾，野鸭子也来了，老人和小孩都喜欢到这里玩。”滹沱河周边群众由衷地表示。

水生态环境的改善，进一步拉动了沿线地区的生态经济发展。以河南淅川县为例，该县在南水北调丹江沿线建成32个精品生态观光示范园，6.5万渠首农民端上“生态碗”，带动1.2万名贫困户年增收近2万元。

此外，南水北调持续调水还稳定了航道水位，改善了通航条件，延伸了通航里程，增加了货运吨位，大大提高了航运安全保障能力，促进了当地经济发展。东线一期工程建成后，京杭大运河黄河以南航段从东平湖至长江实现全线通航，1000～2000吨级船舶可畅通航行，新增港口吞吐能力1350吨，成为仅次于长江的第二条“黄金水道”。

水利部南水北调工程管理司相关负责人表示，南水北调将持续的发挥自身优势，各部门也将认真贯彻“节水优先、空间均衡、系统治理、两手发力”的治水思路，全面加快推进南水北调后续工程建设，早日构建完善的“四横三纵，南北调配，东西互济”的水资源总体格局，持续提高水资源支撑、保障我国经济社会发展和国家重大战略实施的能力，充分发挥水资源对经济社会的可持续发展战略支撑作用。

（吉蕾蕾 《经济日报》 2020年10月24日）

南水北调中线一期工程超额完成年度调水计划
运行六年实现达效

记者从水利部获悉，截至11月1日早上8点，南水北调中线一期工程超额完成水利部下达的2019—2020供水年度水量调度计划，向工程沿线河南、河北、北京、天津四省市供水86.22亿立方米，为年度水量调度总计划的117%。

按照《南水北调工程供用水管理条例》，南水北调中线工程水量调度年度为每年11月1日至次年10月31日。《南水北调工程总体规划》中明确中线一期工程规划多年平均供水量为 85.4 亿立方米，对应陶岔入渠流量为 95 亿立方米。2019—2020 供水年度，水利部下达中线工程年度水量调度计划及华北地区地下水超采综合治理生态补水计划总计 73.48 亿立方米，通过科学调度，年度实际供水 86.22 亿立方米，已超过中线工程规划多年平均供水规模，这标志着工程运行 6 年即达效。其中，正常供水 62.19 亿立方米，完成年度水量调度计划的 102%；生态供水 24.03 亿立方米，完成华北地区地下水超采生态补水年度计划的 136.8%。

此外，根据水利部的工作安排，2020 年 4 月 29 日至 6 月 20 日，中线工程实施了首次 420 立方米/秒加大设计流量输水，整个过程历时 53 天，加大流量输水期间，向沿线 39 条河流生态补水近 10 亿立方米，生态效益显著。河南省境内白河、贾鲁河、淇河、安阳河等 25 条河流水清岸美，成为沿线群众娱乐休闲的好去处。河北省滏阳河、滹沱河、七里河等 13 条河流保持常流水，缓解了海河流域“有河皆干、有水皆污”的困局，特别是邢台市七里河下游的狗头泉、百泉干涸了 18 年，今年实现了稳定复涌。生态补水恢复了河道基流，形成有水河段长度超过 1200 公里，比海河的总长度多了 200 公里。天津市海河水位升高，城区段河道水质明显改善。开展加大流量输水工作，不仅充分利用汛期洪水资源，为缓解北方受水区用水紧张局面、改善生态环境提供了水源条件，同时全面检验了南水北调中线输水能力及加大流量的运行状况，为今后工程验收及常态化大流量输水运行提供了有力依据。

水利部相关负责人对人民网记者表示，中线工程快速达效既充分证明了南水北调工程已成为实现我国水资源优化配置、促进经济社会可持续发展、保障和改善民生、推进生态文明建设的重大战略性基础设施，也展现了南水北调工程国之重器的品牌形象，充分检验了工程质量及运行管理水平，为做好“六稳”工作、落实“六保”任务提供了坚实水资源支撑。

据了解，南水北调中线工程自 2014 年 12 月 12 日正式通水以来，已安全平稳运行 2151 天，累计输水 340.53 亿立方米，惠及沿线 24 个大中城市及 130 多个县，直接受益人口超过 6700 万人，经济、生态、社会等综合效益发挥显著，极大地缓解了北方水资源短缺状况。

（余璐　人民网　2020 年 11 月 4 日）

南水北调中线累计输水超340亿立方米

截至11月1日，南水北调中线一期工程超额完成水利部下达的2019—2020供水年度水量调度计划，向工程沿线河南、河北、北京、天津四省市供水86.22亿立方米，为年度水量调度总计划的117%。

南水北调中线工程自2014年12月12日正式通水以来，已安全平稳运行2151天，累计输水340.53亿立方米，惠及沿线24个大中城市及130多个县，直接受益人口超过6700万人，经济、生态、社会等综合效益发挥显著，极大地缓解了北方水资源短缺状况。

（王浩 《人民日报》 2020年11月4日）

问渠哪得清如许　为有源头碧水来

——南水北调中线工程水源区生态保护调查

打开中国地图，俯瞰万里平畴，一条蜿蜒北上的人工明渠，从秦巴山间出发，跨江淮、穿黄河、依太行，纵贯南北，一路穿行1432公里，将一渠清水送往河南、河北、天津、北京。这就是南水北调中线工程。

该工程自2014年12月通水，已平稳运行2100多天，调水量突破300亿立方米，水质稳定保持在Ⅱ类及以上，直接受益人口6700多万，其中河南13个城市、河北9个城市、天津14个行政区居民以南水为主要饮用水源，北京城市用水约73%为南水。与此同时，北京自来水硬度由过去的380毫克/升降至130毫克/升，河北500多万人告别了长期饮用高氟水、苦咸水的历史。

饮水当思源。一渠清水北送，最值得点赞的是，在党的坚强领导下，持之以恒开展水源区生态保护。

（一）

河南南阳和湖北十堰交界处，丹江口水库将汉江和丹江揽蓄入怀，汇成晶莹剔透的一库碧水，宛如镶嵌在崇山峻岭间熠熠生辉的宝石。这是亚洲最大的人工淡水湖，也是南水北调中线工程源头所在。浩荡南水正是自此北上。

南水北调中线工程水源区，包括丹江口库区及上游地区，涉及河南、湖北、陕西、四川、重庆、甘肃 6 省市 49 个县（市、区），幅员 9.5 万平方公里。从 2005 年库区工程启动时起，经过 15 年努力，如今水源区青山如黛、绿树成荫、水流清澈、鸟鸣悠悠，一幅秀美画卷展现眼前。

水更清了。工程启动之初，丹江口库区及上游 42 个评价河段水质仅 20 个达标，个别河段甚至为Ⅴ类、劣Ⅴ类。通水以来，库区及上游水质持续向好，各评价河段均已达标。最新一期水质全因子检测结果显示，全部 109 项指标均符合地表水质量Ⅱ类标准，其中常规项目 95％以上符合Ⅰ类标准，特定项目 100％符合水源区水质标准。在库区水深 15 米处用取水器打上清水，纯净绵甜，可以酣饮而尽。

山更绿了。以前，库区周边多石漠化地貌，“山山和尚头，处处鸡爪沟；有地尽石漠，下雨泥横流”，雨水裹挟泥沙入库，把清水变成了“浊汤”。现在，库区所在地南阳、十堰森林覆盖率分别达到 40.5％、66.7％，可谓百里苍山葱郁、漫山遍野披绿，那些“和尚头”“鸡爪沟”失了影踪。

生物更多样了。环境的改善，使生物多样性得到保护和恢复。如今，库区具有经济、科研价值的陆生脊椎动物达到 800 多种，其中国家重点保护陆生野生动物 53 种，每年到此栖息的鸟类 170 多种，还有一批珍稀植物资源。世界濒危物种中华秋沙鸭，已连续 6 年在十堰黄龙滩国家湿地公园越冬。号称“水中大熊猫”的桃花水母，频频现身水库。淅川县马蹬镇的白渡滩，因吸引来上万只白鹭，变成了远近闻名的“白鹭滩”。

产业更环保了。曾几何时，水源区产业结构简单粗放，一产靠大肥大药，二产靠开矿挖沙，三产靠吃山吃水。现在，农业种植结构调整了，农作物用的多是有机肥、绿色农药。“傻大黑粗”的高污染高耗能产业该退的退、该搬的搬、该转的转，环境友好型产业体系逐步形成。山美水净让生态旅游红红火火，游客络绎不绝，服务业链条不断延伸。大家说，正是好生态“长”出了好作物，好风景“养”出了好产业。

日子更美了。随着生态保护持续加强，水源区群众不仅生计没有受到影响，而且收入稳步增加，生活不断改善。在城镇，绿树碧水与鳞次栉比的现代建筑相辉映；在乡村，青山溪流同宽敞整洁的道路街巷相依偎。农民住上结实美观的房子，用上冰箱、彩电等家用电器，有了净水净厨净厕，幸福和喜悦写在脸上。好日子让大家更加爱山爱水爱家乡，也更加充满创造美好未来的激情和动力。干部群众纷纷感慨：“没有南水北调，就没有水源区人民生活翻天覆地的变化！”

（二）

水源区生态保护，坚持以习近平生态文明思想为指导，立足于守住山头、管好斧头、护好源头，把建生态与抓发展、保水质和奔小康紧密结合起来，走出了一条具有水源区特色的生态优先、绿色发展之路。

一是全面提升理念。水源区抓生态保护，首先把鼓点敲在提升理念、转变观念上。一方面，自上而下反复强调确保一渠清水永续北送是一项重大政治任务，必须以强烈的责任感和使命感来抓，引导党员、干部树立“把丰碑刻在青山上、把政绩融入碧水中”的政绩观，增强大保护的思想自觉、政治自觉、行动自觉。另一方面，围绕践行“绿水青山就是金山银山”的理念，组织参观生态建设典型，宣讲生态经济原理，引导党员、干部算综合账、长远账，不断营造“共建生态文明、共享绿色家园”的浓厚氛围。对于《环境保护法》《水污染防治法》《南水北调工程供用水管理条例》等法律法规，很多地方纳入国民教育体系，利用广播、电视、网络、报刊等多形式多角度深入宣传。持续的思想引导和政策激励，使干部群众逐步加深了对南水北调意义的认识，逐步树立了绿色发展的理念。一些基层干部说，过去认为生态保护是发展的“紧箍咒”，保水质与保民生像是解不开的“死疙瘩”，现在观念一转变，感觉就像打开了一片新天地。在汉江边“解放军青年林”的人行道上，连荫的树木每隔几棵就挂有环保科普指示牌，图文并茂、通俗易懂，不时吸引着年轻父母给孩子讲解环保知识。

二是全域统筹规划。水源区生态保护自始至终在国家层面组织指导下进行。国家发展改革委牵头、11 个有关部门和豫鄂陕 3 省组成联席会议，围绕上下游、左右岸、干支流整体统筹，从全局高度进行顶层设计和系统谋划。《南水北调工程总体规划》对水源区生态保护作出战略部署，之后连续制定《丹江口库区及上游水污染防治和水土保持规划》《丹江口库区及上游地区经济社会发展规划》《汉江生态经济带发展规划》等，既明确水源区生态保护的目标、任务和重大项目，又将水源区生态保护融入区域经济社会发展大盘子统筹考虑、一体实施。3 省分别出台相关法规，有关市县配套制定实施方案，提出针对性强的举措要求。全流域、全区域、全链条的规划，为水源区生态保护绘就了实施蓝图，提供了科学依据。

三是稳妥安置移民。水源区生态保护，移民安置是关键一环。早在 1958 年，为建设丹江口水利枢纽一期工程，河南、湖北就有近 50 万群众扶老携幼、告别故土。半个多世纪后，为了中线工程调水，河南、湖北又分别有 16.6 万人、18.2 万人移民。这次移民，两省坚持以人为本，既在搬得出、稳得住上动脑筋，又在能发展、可致富上下功夫。先是在摸清底数、反复动员的基础上，建立“省级政府负责、县为基础、项目法人参与”的管理体制，实行“内安原地后靠”“外迁不出省”，尽可能拿出好地方、好土地、好政策，确保移民搬迁不伤、不亡、不漏、不掉一人。移民搬迁后，当地党委和政府出台多项帮扶优惠政策，制定安稳致富规划，把移民后续帮扶与乡村振兴、美丽乡村建设等结合起来。上万名基层干部在移民安置中操心操劳，有的累倒在工作岗位上。由于工作方案做得细，搬迁安置和致富发展衔接得好，移民工程成为实实在在的惠民工程，实现“四年任务、两年基本完成、三年彻底扫尾”。移民群众迅速融入新环境、开启新生活，人均居住面积翻了近一番，人均可支配收入增长 2 倍左右，大家由衷感谢党的移民政策，迸发出保护库区生态的强大正能量。

四是铁腕治理污染。水质保护很大程度上系于污染防治。这些年来，为了不让污水入库，国家有关部门和水源区各地通力合作，以铁的措施、铁的担当持续开展污染防治攻坚战。生态环境部与 3 省分别签订水污染防治目标责任书，明确执法和监管要求；科学技术部组织力量攻克黄姜皂素清洁生产工艺与废水处理技术，彻底解决了这一困扰水源区多年的污染问题；农业农村部在丹江口库区 15 个县（市）实施重点流域农业面源污染综合治理，打造了示范样板。中央生态环境保护督察聚焦中线工程水源区，坚持跟踪问效。总的看，水源区污染治理体现了坚决关、坚决禁、坚决治、坚决建的“4 个坚决”。在“坚决关”上，大力淘汰落后产能，全面开展点源污染治理，共关闭污染比较严重的企业 2551 家，叫停和否决项目 524 个。河南仅淅川一个县就关停企业 386 家，依法取缔“小散乱污”企业 216 家。湖北关闭或转产规模以上企业 561 家，关改搬转沿江化工企业 10 家，取缔非法码头 40 个。十堰将原郧阳造纸厂所在地污染河泥“掘地30余尺”，全部转运，专业填埋。陕南汉中、安康、商洛3市集中淘汰一批黄姜皂素小产能。在“坚决禁”上，依法实施禁采、禁捕、禁养，大力清理网箱养殖，严格落实长江流域十年“禁渔令”。全域开展化肥、农药使用零增长行动，河南年化学需氧量、总氮排放量分别减少40%以上、30%以上，湖北建成绿色防控示范区117个、面积18.2万亩。严格项目审批管理，实现水源区涉水污染企业零落地。在“坚决治”上，积极争取国家项目支持，增加各方面资金投入，深入开展水土流失综合治理和堤防护岸加固、清淤疏浚、排涝等工程建设，大力推进城乡污水和垃圾处理、畜禽养殖污染处理。陕西规模化养殖场粪污治理设施配备率达97.7%，粪污综合利用率达89.1%。十堰对区域内河流实施截污、控污、清污、减污、治污5大工程，共治理小流域385条，建设生态河道130多公里，建成清污分流管网2500多公里，将劣Ⅴ类的城市黑臭水体变成了水清、河畅、岸绿、景美的生态廊道。在“坚决建”上，大力加强生态环境基础设施建设，水源区各县及库周重点乡镇垃圾和污水处理设施实现全覆盖，污水日处理能力增长6倍多，垃圾日处理能力增长近19倍，县级以上污水处理厂全部达到一级A排放标准，库区及主要入库河流监测断面达标率常年为100%。

五是筑牢生态屏障。水质如何，表现在水里，根子在岸上。水源区生态保护坚持系统思维，以植树造绿、水土保持为重点，多层次筑牢生态屏障，通水以来累计治理水土流失面积1981平方公里，建设公益林250万亩、重点防护林74.3万亩。国家层面，大力实施丹江口库区及上游水土保持、坡耕地水土流失综合治理、退耕还林还草、天然林保护等重点工程。比如在国家林草局支持下，2016—2019年3省共实施退耕还林还草361万亩，大大增强了水源涵养能力。又如在财政部和自然资源部支持下，向河南、湖北投入专项资金159.5亿元，完成土地整治923.5万亩，新增耕地35.1万亩。地方层面，严格生态红线、绿线、底线管控，实施一批重大生态修复保护工程，持续进行植树造绿，系统开展生态修复。河南着力打造“生态渠首、文明渠首”，高标准推进环库区生态隔离带建设，完成人工造林5.2万亩、封山育林4.8万亩、森林抚育7.5万亩，构筑起库周生态“保护带”。特别是淅川县以愚公移山精神凿石为窝、背土上山，硬是在石头缝中植树造绿，成功治理石漠化面积5万余亩，使曾经荒漠化严重的淅川变成“春有花、夏有荫、秋有果、冬有景”的美丽山城。湖北在库区沿汉江两岸建立湿地自然保护区和湿地公园，持续开展退耕还林、裸露山体生态修复治理，基本实现全域“灭荒”。十堰设立省级以上自然保护区、森林公园和湿地公园34个，受保护面积150.8万公顷、占全市国土面积67%，成功创建全国“两山”实践创新基地、国家生态文明建设示范市。陕西制定《秦岭地区水土保持行动方案（2018—2020年）》，实施汉江丹江综合整治、生态清洁型小流域试点、秦岭主要江河源头预防保护等工程。陕南3市建成6个国家级水土保持科技示范园、14个省级水土保持示范园。一系列生态屏障的构筑，为一库清水提供了持续有力的生态支撑。

六是优化升级产业。水源区实施生态保护以来，各地摒弃过去粗放式靠山吃山、靠水吃水的做法，自觉以新理念念好山水经，努力蹚出一条产业发展与生态保护深度融合、生态效益与经济效益同步提升的新路子。农业上，以高效生态、绿色有机为标准，除粮食作物外，重点发展软籽石榴、薄壳核桃、大樱桃、杏李、柑橘、黄金梨、金银花等，打造出一批具有地方特色的有机农产品名优品牌。河南西峡、淅川、邓州，湖北十堰、神农架，陕西安康、商洛、汉中等地，因地制宜建设特色中药材种植基地，逐步形成中药材产业带，“秦巴药乡”“丹江药谷”等品牌越叫越响。工业上，坚持以供给侧结构性改革为主线，把生态保护作为招商引资、企业发展的“铁门槛”，秉持“天上不冒烟、地上不流污、最好零排放”，改造提升传统产业，培育壮大新型产业，向绿色发展迈出坚实步伐。湖北十堰、陕西汉中等地积极推动汽车及零部件企业转型升级，不断提高综合竞争力，今年在疫情冲击下依然市场火爆，实现逆势上扬。2019年，十堰新材料、清洁能源产业产值分别增长11%、32%，高新技术产业实现增加值395亿元、占GDP的19.7%。服务业上，重点利用秦巴自然风光、汉江丹江风情和特色历史文化，发展全域旅游，开发系列旅游产品，推动农旅、林旅、水旅融合发展，实现村庄变景区、田园变花园、民房变民宿、农副产品变旅游产品，使绿色红利持续释放，群众收入不断增加。淅川县培育精品旅游村36个、农家乐和民宿500多家，3万多群众端上旅游“金饭碗”。神农架林区2019年接待游客1828.5万人次，旅游经济收入达到67.8亿元。许多基层干部谈到，生态保护不仅没有制约水源区经济发展，反而成为产业转型、提质增效的强力助推器。

七是开展对口协作。中线工程是惠及沿途的供水线、生命线，也是沟通南北的亲情线、友谊线。受水区与水源区以水为媒、因水结缘，按照国务院批准的方案，由北京对口协作河南、湖北两省相关市县，天津对口协作陕西相关市县。双方签订战略合作协议，建立地方领导互访、部门间协商推进、“各区包县”等工作机制，通过项目投资、产业对接、设立基金、引进技术、互派干部、专业培训等多种举措，为水源区相关市县提供多方面协作支持，推动落实一批特色农业种植、扶贫车间、农村电商等项目，建设一批生态旅游、生态农业等特色小镇，建成一批特色农产品研发等基地。2013 年以来，累计投入协作资金 55 亿元，实施对口协作项目 1300 多个、投资总额超 400 亿元；互派挂职干部 400 多人次，培训专业人才上万人次。通过对口协作，水源区相关市县开阔了眼界、引进了项目、培训了人才，有力促进了水源区生态保护和高质量发展。

八是构建长效机制。生态保护不是一蹴而就的事，需要持续努力、久久为功。水源区着眼于构建长效机制，重点抓了压实护水责任、强化整体联动、完善监测机制、加强风险防控等工作。3 省分别成立由省委书记、省长任组长的水源区生态保护领导机构，严格党政同责、一岗双责，层层传导压力，形成明责、考责、问责、追责的制度闭环。将水污染防治纳入领导干部绩效考评，切实增强生态保护刚性。完善省市县乡村 5 级河长制，编制“一河一策”方案，探索设立民间河长、民间巡河员等，把管理延伸到支次沟渠，将责任传导到“毛细血管”。中央和地方都实施跨部门跨区域联席会议或联合执法监管机制，相关市县法院、检察院也建立司法联动机制，推动各项生态保护措施落实落地。对水源区主要河流水质进行实时监测、自动监控，一旦发现异常就及时处置。编制突发环境事件应急处置预案，定期开展应急演练。2018 年 1 月，河南西峡县河道发生不明化学物质污染险情后，当地第一时间反应，国家环保部门立即部署应对，保证了快速有效地防控风险。

（三）

水源区生态保护的成功探索，是习近平生态文明思想的生动实践，是美丽中国建设的精彩篇章，可以从中得到深刻启示。

第一，“绿水青山就是金山银山”，是闪耀着真理光芒、具有强大指导力的科学论断，只要深入贯彻落实，就能够以生态保护促进高质量发展。水源区生态保护，不仅着眼于改善生态环境、确保一渠清水北送，还希望通过提高生态质量，探索如何充分利用环境资源推动转型发展、绿色发展。为此，国家有关部门和水源区各地做了大量艰苦扎实的工作。贯穿一切工作的主线，就是认真践行习近平生态文明思想。从开始把重点放在壮士断腕治污染、咬紧牙关保生态上，到逐步发掘绿水青山蕴含的经济价值、社会价值，再到实现生态保护与经济社会发展的统一和平衡，工作是艰辛的，过程是渐进的，成效是可喜的。正是经历了从“宁要绿水青山，不要金山银山”，到“既要绿水青山，也要金山银山”，再到“绿水青山就是金山银山”的认识与实践的不断提升，水源区生态保护才打通了“绿水青山”向“金山银山”转化的“路”和“桥”。实践证明，只要牢牢坚持“两山”理论，将之内化于心、外化于行，持之以恒贯彻落实，就能形成生态保护与经济社会发展互促共进的生动局面。

第二，生态系统构成因子复杂、关联要素多，抓生态保护需要统筹谋划、综合施策。生态是山水林田湖草等有机统一的生命共同体，生态文明程度与经济社会发展和历史文化等密切关联，认识生态、保护生态都不是简单容易的事。水源区生态保护在大范围长线作战，之所以成效显著，一个重要原因就是坚持大局观念和系统思维，既注重从生态系统各构成因子出发展开单项治理和综合治理，又注重从生态系统与其他系统的相互作用和影响出发采取配套成龙的政策措施，在上下左右各层级各方面协作联动中，在经济手段、行政手段、法治手段的综合运用中，形成了合力攻坚的氛围，释放了政策和改革的红利，产生了下活一盘棋的效应。实践证明，生态保护不能只是就生态抓生态，采取“头疼医头、脚疼医脚”的办法，而应当正确认识生态系统的内外关联，既突出重点又兼顾全面，既考虑当前又谋划长远，把扬优势与补短板、增内功与添外力结合起来，防止因简单化、片面化而影响生态治理成效。

第三，生态保护有统一规范，更有个性差异，只有结合实际创造性贯彻党中央决策部署，才能取得良好成效、形成有益经验。生态文明建设是“五位一体”总体布局的重要方面，生态保护是全国需要加紧补齐的突出短板。生态保护各项工作，都要以习近平生态文明思想为指导，全面贯彻党中央关于生态保护的各项决策部署。同时，各地自然禀赋、发展阶段、生态基础等各有不同，生态保护的具体政策措施不能千篇一律、墨守成规。水源区水网交错、支沟纵横，污染源复杂多样，其生态保护不断面对大量新情况、新问题，要顺利推进并取得实效，就不能搞经验主义、本本主义。很多地方正是在吃透中央精神的基础上，善于因地制宜想实招、出实策，不照本宣科，不搞“一刀切”，才较好处理了工作矛盾和利益关系，形成了群众高度认可、上级充分肯定、做法和成效都很有说服力的工作局面。实践证明，生态保护是典型的创造性工作，只有坚持实事求是，把问题导向、目标导向、结果导向统一起来，创造性落实党中央决策部署，才能以科学的认识推动正确的实践，进而以正确的实践创造有益的经验。

（特约调查组 《人民日报》 2020 年 11 月 17 日）

南水北调清如许，唯有节源活水来

一渠架南北，天河通水来。11 月 13 日下午，正在江苏考察调研的习近平总书记来到扬州江都水利枢纽，了解南水北调东线工程和江都水利枢纽建设运行情况。习近平总书记强调，南水北调工程在一定程度上缓解了北方地区用水困难问题，但总的来讲，我国在水资源分布上仍然是北缺南丰。要把实施南水北调工程同北方地区节水紧密结合起来，以水定城、以水定业，注意节约用水，不能一边加大调水、一边随意浪费水。

治水筑安澜，兴水润民生。中国水资源总量丰富，但分布不均，“北缺南丰”更是长期存在的客观情况。水资源格局决定着发展格局。作为解决我国北方水资源严重短缺的重大战略性基础设施，南水北调工程地跨江苏、湖北、山东、河南、河北、北京、天津等多个省和直辖市，直接受益人口超过 1 亿。输水距离之长、受水范围之广、受水人口之多，南水北调工程筑就了人类治水史上的中国丰碑，展现出我们这个国家配置水资源的厚重能力，更凸显出集中力量办大事的制度优势。

增进民生福祉是发展的根本目的。让重大战略性基础设施建设直接参与到民生改善的过程中，不仅体现着一种价值理念，更是彰显一种发展担当。截止到 2019 年底，东、中线一期工程累计调水量 299.5 亿立方米，受水区 40 多座大中城市、260 多个县区用上了南水北调的水。在北京，城区居民生活用水的 73%来自丹江口水库；在天津，14 个区的居民用水全部来自丹江口水库；在河北，80 个市县区用上南水，400 万人告别高氟水、苦碱水……南水已由原规划的受水区城市补充水源，转变为多个重要城市生活用水的主力水源，成为这些城市供水的生命线。以人民为中心的发展思想，为民造福的坚定信念，始终贯穿在南水北调之水向前涌动的每一个浪花之中。

“一江清水送京津”。奔腾而来的一库清水，经过上千公里的流淌，穿行数省后到达目的地，这个过程更像是田径比赛的接力项目，而“赛道”的意义则体现在更高的层次——不仅纾解了大地的喊渴之声，更给区域高质量发展注入源源不断的活水。坚持生态优先、绿色发展，很大的一个前提是要以水而定、量水而行。南水北调充盈了北方部分地区的水资源总体格局，为京津冀协同发展、中部地区崛起、雄安新区建设等国家重大战略实施提供强力的水资源支撑。截至 2019 年 10 月底，北京市平原区地下水位与 2014 年末南水北调水进京前相比已回升 2.88 米，地下水储量增加 14.8 亿方。生态环境资源的“水位”保证，是发展“水位”提升的最大底气。这正是“绿水青山就是金山银山”的理念落在实处的体现。

南水北调清如许，唯有节源活水来。截断汉水，跨越黄河，一江澄碧纵贯中华腹地，每一滴南水都诉说着惠泽之深，更承载着贡献之巨。“以我之渊，润尔心田”，无论是从“滴水之恩”的共情心理，还是“节约用水”的全民共识，我们都应该对来之不易的南调清水予以珍惜的态度。事实已经证明，超量排污、过度开发、人水争地……竭水而用最终会带来难以为继的发展困局，以行动自觉做到“节源”，是避免“最后一滴水是人类的眼泪”的朴素方法。就个人而言，拧紧跑冒滴漏的水龙头，生活用水做到物尽其用；对生产而言，用科技手段改变农业粗放式漫灌，优化工业用水，保证排放的回收利用，严管洗车等特殊行业用水等等，都是“节源”的具体方式。当前，节约用水不只是一句口号，更是时代的现实命题，需要每个人用实际行动来解答。如此，才不负南水北调工程“功在当代，利在千秋”的一片初心。

（谢伟锋　光明网　2020 年 11 月 19 日）

江苏　南水北调工程　为有源头清水来

江苏省水资源南丰北缺，实现江水北调，是江苏几代人的夙愿。1957 年江苏开启“扎根长江、运河为纲、江水北调”的航程。

1961 年 12 月，新中国大型电力抽水站——江都一站开工建设。经过四十余年的自主规划、自主建设、自主管理，江苏建成以 400 公里京杭大运河苏北段为主通道，以江都、泗阳、皂河等 9 个梯级枢纽为主节点，以沿线河湖水网为脉络，包含 20 余座大型泵站、上千座水工建筑物，集防洪、排涝、灌溉、航运等功能于一体的江水北调工程体系。

从此，江苏北部 6 市 50 县的 4000 多万人民群众有了水安全屏障、水资源保障，内河航运水网越织越密。江水北调工程的成功，开创我国大型、跨流域、逆向引调水工程先河，为南水北调东线工程全面规划建设实施提供了参考经验。

面对华北地区水资源短缺、水生态退化的严峻形势，2002 年底，南水北调东线工程正式开工建设。南水北调东线工程是在江苏既有江水北调工程基础上扩大规模、向北延伸。2013 年，由 13 个梯级泵站构成的世界最大网络化泵站集群建成投运。

南水北调东线工程充分利用已形成的工程体系和梯级格局，通过新建 11 座、改扩建 3 座大型泵站，提升调水能力；拓浚、整治沿线河湖，挖掘蓄水配水潜力，完善运河线、运河西线双线供水系统。江水北调工程提档升级，抽江规模扩大到每秒 500 立方米，年度总调水能力接近 188 亿立方米，年均净新增供水 36 亿立方米。

统筹境内江、淮、沂沭泗来水和本地雨洪资源多水源配置；综合城市生活与农业灌溉、航运与生态、省内与省外多需求保障；保障输水时间、输水水量、输水水质多目标任务，实现了南水北调新建工程与江水北调工程的“统一调度、联合运行”。南水北调东线一期工程通水近 8 年来，江苏已累计向山东调水超 47 亿立方米，同时，还为安徽洪泽湖周边受水区提供稳定水源，为南水北调东线一期工程向河北、天津延伸应急供水提供支持，为缓解北方地区水资源短缺危机作出重要贡献。

坚定贯彻落实“先节水后调水、先治污后通水、先环保后用水”原则，坚持“生态优先、绿色发展”理念，投入 133 亿元分两轮实施 305 项治污项目，努力破解河湖水网供水的水质管控难题。短短十年间，南水北调输水河道水体状况发生翻天覆地的变化，主要污染物排放总量削减 80%以上，15 个国家水质考核断面持续稳定达到地表Ⅲ类水标准，沿线生态环境面貌显著提升，一条条清水廊道、生态走廊正在江苏北部大地上蜿蜒而成。

以泵站研究为主线，开展科技创新攻关，引进转化先进技术，形成多项国际一流科研成果。汇聚世界最大泵站群，打造全类型“水泵博物馆”，推动国内水泵和机电设备制造业提档升级；通过推行“标准化、信息化、智能化”创建，不断提升工程管理水平，有效保障南水北调工程安全、平稳、高效运行，打造江苏水利管理新品牌。

科学运用南水北调工程的综合功能，全方位发挥工程效益：省内供水保证率进一步提高，防洪排涝能力得到加强；河湖航运条件得到改善，苏北运河成为世界最繁忙的内河航道之一；沿线水质持续向好，水环境容量逐年提升，里运河、大运河形成清水通道、生态绿廊，白马湖、骆马湖、潘安湖铺展绿色画卷；水文化内涵不断丰富，水利工程与园林景观巧妙结合，京杭大运河成功入选世界文化遗产名录。

十年建设、八年运行。南水北调东线工程已经成为集生态环保、农业灌溉、防洪保安、交通航运、文化传承于一体的跨流域调水工程体系，成为泽被南北、造福百姓的幸福工程。

古老运河走入新时代，南水北调谋划新蓝图。站在“两个一百年”的历史交汇点，站在国家战略规划和江苏高质量发展的新起点上，江苏将进一步管好工程，用好工程，为全国南水北调大局、为加快“强富美高”新江苏建设，作出新的更大贡献。

（江苏省水利厅《人民日报》 2020 年 11 月 20 日）

全面通水六年

——南水北调东中线调水超三百九十四亿立方米

12 月 12 日，南水北调东中线一期工程迎来全面通水 6 周年。记者从水利部获悉：6 年来，工程累计调水超 394 亿立方米，1.2 亿人直接受益，其中，中线工程调水 348 亿立方米，约 6900 万人受益；东线工程向山东调水 46 亿立方米，惠及人口约 5800 万。目前，南水北调后续工程前期工作正稳步推进。

东中线一期工程全面通水以来，累计实施生态补水超 52 亿立方米，推动了沿线生态文明建设和绿色发展。自 2018 年中线工程实施生态补水以来，华北地区地下水水位下降趋势得到有效遏制，部分地区止跌回升；沿线河湖生态得到有效恢复。截至 2020 年 9 月末，北京市平原区地下水埋深平均为 22.49 米，与 2015 年同期相比回升了 3.68 米。东线工程增加了沿线河湖水网的水体流动。

（王浩 《人民日报》 2020 年 12 月 12 日）

南水北调东中线一期工程累计调水超 394 亿立方米

12 月 12 日，南水北调东中线一期工程迎来全面通水 6 周年。6 年来，工程运行安全高效，综合效益显著，累计调水超 394 亿立方米，“南水”成为沿线多个城市的主力水源，超过 1.2 亿人直接受益。其中，中线工程调水 348 亿立方米，约 6900 万人受益；东线工程调水 46 亿立方米，惠及人口约 5800 万。

值得提及的是，2020 年 5 月 9 日至 6 月 21 日，通过优化调度，中线一期工程首次以 420 立方米每秒设计最大流量输水，提升了华北地下水超采综合治理成效，验证了工程大流量输水能力，集中检验了工程质量和运行管理水平。截至 2020 年 11 月 1 日，中线一期工程超额完成 2019—2020 供水年度水量调度计划，向京津冀豫四省份供水 86.2 亿立方米，超过总体规划中提出的多年平均规划供水，标志着工程运行 6 年即达效。

东中线一期工程全面通水以来，累计实施生态补水超过 52 亿立方米，使沿线河湖生态得到有效恢复，社会经济获得良性发展。

东线工程生态补水 2.8 亿立方米，南四湖、东平湖、微山湖等众多河湖自然生态明显修复。

中线工程向受水区 47 条河流生态补水 49.6 亿立方米。有效助力沿线生态文明建设和华北地区地下水超采综合治理，自2018年实施生态补水以来，华北地区地下水水位下降趋势得到有效遏制，部分地区止跌回升；沿线河湖生态得到有效恢复，实现了河清岸绿水畅景美。截至2020年9月末，北京市平原区地下水埋深平均为22.49米，与2015年同期相比回升了3.68米，昌平、延庆、怀柔、门头沟等地的村庄都出现了泉眼复涌。东线工程增加了沿线河湖水网的水体流动。曾经脏乱差的“煤都”徐州如今成为绿色之城。江苏段工程结合河道疏浚扩挖，提高了部分航道通航等级。山东段工程延伸了通航里程，使东平湖与南四湖连为一体，通过补水改善了小清河水质和生态，保证了泉城济南泉水持续喷涌。

（乔金亮 《经济日报》 2020年12月12日）

南水北调，不只调来好水

一路北上，南水情长。

6年前，2014年12月12日14时32分，河南南阳陶岔渠首大闸缓缓开启，蓄势已久的南水奔涌而出。这一刻，南水北调中线一期工程正式通水，也意味着南水北调东、中线一期工程全面通水。

6年来，南水一刻不停、奔流北上。东线，自江苏扬州江都水利枢纽提水，沿京杭大运河及平行河道逐级翻水北送，以世界最大规模泵站群实现“水往高处流”，累计向山东调水46亿立方米，惠及人口约5800万；中线，南水出陶岔、过垭口、飞渡槽、钻暗涵，跋涉1432公里润泽京津冀豫，累计调水348亿立方米，约6900万人受益。

394亿立方米，记录着南水北调东中线全面通水6年来的点滴。回望这6年，数字背后，南水为北方带来的，远不只水。

调来好水：用水有保障，水质更好了

“原来我一般不敢穿白衬衣，因为我们这儿煤尘大，白衬衣容易脏，可供水难，衣服不能洗那么勤，水质也不好，白衬衣洗完容易发黄。这几年用上南水后就不一样了，不仅用水有保障了，水质也更好了。”说起南水，河南省平顶山市石龙区的高广伟脸上挂满了笑容。

南水北调，成败在水质。通水以来，南水北调中线工程输水水质一直保持在Ⅱ类或优于Ⅱ类，东线工程输水水质一直保持在Ⅲ类。优质的南水改善了沿线群众的饮水质量，让很多人告别高氟水、苦咸水。

然而，甘甜的南水来的并不容易。为了这一渠清水，东线水源地江都把202平方公里划为禁止开发的“红线区”，100多家水泥厂、化工厂、化肥厂因靠近送水通道关闭，涉及投资额60多亿元；东线沿岸仅化工企业累计关停800多家。中线丹江口库区34.5万移民和中线干线9万征迁群众搬迁，沿线上千家化工企业关停，污水处理能力全面升级。东中线沿线巡线工作人员一年四季不间断行走在渠道旁，时刻把握监测点的水质状况；上万名河长湖长参与水质保护。

今年，突如其来的新冠肺炎疫情也给调水带来了不小的挑战。对此，水利部创新“视频飞检＋现场飞检”监管模式，确保供水防疫两不误；中线通过自动化调度系统、巡查维护实时监管系统、疫情上报及监控系统等远程调度管理，确保输水安全；东线工程数字化管理系统为安全调水提供了有力支撑。

在安全优质的前提下，南水改变了北方多地的供水格局——在北京，南水替代密云水库向自来水厂供水，并反向输送至密云水库，北京人均水资源量由100立方米提高到150立方米；天津形成引滦、引江“双水源”供水格局，15个行政区喝上汉江水，近千万市民受益；河南受水区城市的59个县区全部受益；河北90多个县区受益；江苏形成双线输水格局，受水区供水保证率提高20％～30％；山东实现长江水、黄河水和当地水的联合调度，每年增加净供水量13.53亿立方米，供水范围覆盖61县（市、区）。

调来好生态：部分地区地下水位回升，河湖更美了

“别看这瀑河水库顶着个水库的名头，实际枯了好多年了。没想到，这两年开始又有了水，看着这哗啦啦淌的水，心里真敞亮。现在的水库、河道都和我小时候那会儿一样。”河北保定市徐水区瀑河沿线德山村村民代克山说。

代克山感受到的变化，离不开南水北调的贡献。除了让北方居民喝上好

水，越来越多“干涸”的河流也“喝”上了南水。南水北调东中线全面通水6年来，有效增加了华北地区可利用的水资源，通过置换超采地下水、实施生态补水、限采地下水等措施，河湖、湿地面积显著扩大，有效遏制了地下水水位下降和水生态环境恶化的趋势。

在中线，自2016年开始，南水向受水区47条河流生态补水49.64亿立方米，提升了河湖水体的自净能力，增加了水环境容量，改善了河湖水质，实现了河清岸绿水畅景美。华北部分地区地下水水位止跌回升，北京地下水位自2016年以来累计回升3.04米，增加地下水储量15亿多立方米，昌平、延庆、怀柔、门头沟等区的村庄出现泉眼复涌；河北省深层地下水位由每年下降0.45米转为上升0.52米；河南省受水区地下水位平均回升0.95米。

在东线，沿线河湖水网的水体流动增加，生态补水2.81亿立方米让南四湖、东平湖、微山湖等数十个河湖自然生态明显修复。

调来节水理念：南水来之不易，用水不能任性

“南水这么宝贵，可不能浪费。我这水管都埋在地下，水肥通过滴管渗到作物根部，就像是输液，浇地变成了浇作物。根据土壤墒情，能随时开启阀门，小水勤灌，节水节肥，还能降低蒸发量。”在农业用水占全部用水量七成左右的河北邯郸，广府镇史堤村种粮大户刘军感慨道，“从前缺水我们吃过苦，现在有了水，更得珍惜。”

汩汩南水虽然一定程度上缓解了北方地区的用水难题，但沿线省市水资源紧张的状况仍然存在，用水不能“任性”。而且，滴滴南水来之不易，为了它，40多万人告别故土，水源地许多人另谋生计，数十万建设者接续奋战，“不能一边加大调水、一边随意浪费水”。

饮水思源，受水区沿线各地先后建立水资源刚性约束制度，拧紧节水“龙头”——北京在全国率先启动节水型区创建工作，全市16个市辖区全部建成节水型区，北京市万元地区生产总值用水量由2015年的15.4立方米下降到2019年的11.8立方米，万元工业增加值用水量由11立方米下降到7.8立方米，农田灌溉水有效利用系数由0.710提高到0.747；天津坚持“多渠道开源节流，节水为先”，出台全国第一部地方节水条例；山东严格实行用水总量和强度双控制度，将“单位GDP水资源消耗降低”节水指标纳入对各市经

济社会发展综合考核指标体系；河南郑州实行区域总量控制、微观定额管理的用水管理模式，统一调度地表水、地下水，统一取水许可管理，统一下达计划用水指标，统一征收超计划超定额加价水费。

只有精打细算用好每一滴南水，才能让这渠清水永续北方。

（陈晨 《光明日报》 2020年12月13日）

南水北调东、中线调水六年，带来哪些大变化？

2020年12月12日，南水北调东、中线一期工程迎来全面通水六周年。六年来，工程累计调水多少？使多少人受益？综合效益如何？记者带您一探究竟。

南水北调东、中线六年累计调水394亿立方米1.2亿人受益

据水利部相关负责人介绍，我国南水北调东、中线一期工程全面通水六年来，工程累计调水超394亿立方米，1.2亿人直接受益，其中，中线工程调水348亿立方米，约6900万人受益；东线工程向山东调水46亿立方米，惠及人口约5800万。工程运行安全高效，综合效益显著，沿线群众普遍认可，已经与沿线群众生产生活紧密联系在一起，与推动生态文明建设促进经济社会绿色发展紧密联系在一起，与推进国家重大战略实施、保障国家水安全紧密联系在一起。

“东、中线一期工程全面通水六年来，年供水量逐年递增，中线一期工程运行六年实现达效。”水利部相关负责人表示，2020年，为应对新冠肺炎疫情影响，南水北调各单位建立健全安全保障机制和应急工作机制，水利部创新“视频飞检＋现场飞检”监管模式，加强工程运行和疫情监管，确保供水防疫两不误；中线通过自动化调度系统、巡查维护实时监管系统、疫情上报及监控系统等远程调度管理，确保输水安全；东线工程数字化管理系统为安全调水提供了有力支撑。

2020年5月9日至6月21日，通过优化调度，中线一期工程首次以420立方米每秒设计最大流量输水，并借机向沿线39条河流生态补水9.5亿立方米，提升了华北地下水超采综合治理成效，验证了工程大流量输水能力，集中检验了工程质量和运行管理水平。截至2020年11月1日，中线一期工程超额完成2019—2020供水年度水量调度计划，向京津冀豫四省市供水86.22亿立方米，超过《南水北调工程总体规划》中提出的中线一期工程口门多年平均规划供水量85.4亿立方米，标志着工程运行六年即达效。

累计实施生态补水超52亿立方米　助力绿色发展

问渠哪得清如许，为有源头碧水来。

南水北调工程充分体现了人与自然和谐共生的理念。东、中线一期工程全面通水以来，在党的坚强领导下，持之以恒开展水源区生态保护，累计实施生态补水超52亿立方米，推动了沿线生态文明建设和绿色发展。

中线一期工程有效助力沿线生态文明建设和华北地区地下水超采综合治理，自2018年实施生态补水以来，华北地区地下水水位下降趋势得到有效遏制，部分地区止跌回升；沿线河湖生态得到有效恢复，实现了河清岸绿水畅景美。截至2020年9月末，北京市平原区地下水埋深平均为22.49米，与2015年同期相比回升了3.68米，昌平、延庆、怀柔、门头沟等区的村庄都出现了泉眼复涌。焦作市南水北调征迁户张小平说，“煤城焦作现在转型成了旅游城市，总干渠两岸的天河公园既保护水质，又美丽了城市，居民爱水、

节水成为自觉行动。”

东线工程增加了沿线河湖水网的水体流动。脏乱差的“煤都”徐州如今成为绿色之城。江苏段工程结合河道疏浚扩挖，提高了部分航道通航等级。山东段工程延伸了通航里程，使东平湖与南四湖连为一体，通过补水改善了小清河水质和生态，保证了泉城济南泉水持续喷涌。

加快构建国家水网　调水节水双抓双促

党的十九届五中全会提出，要“加强水利基础设施建设，提升水资源优化配置和水旱灾害防御能力”“实施国家水网”。再次为南水北调工作提供了根本遵循。

2020年10月23日，中国南水北调集团有限公司挂牌成立，南水北调管理机制体制取得深刻变革和重大突破，为加强南水北调工程运行管理、完善工程体系、优化我国水资源配置格局打下了坚实基础。

水利部相关负责人介绍道，目前，按照国务院南水北调后续工程会议要求，南水北调后续工程前期工作正稳步推进。东线二期工程可研和穿黄工程初步设计编制上报完成，中线引江补汉工程可研报告编制完成并上报水利部，中线调蓄库工程雄安调蓄库灌浆试验开工，西线工程规划方案比选论证通过水利部水利水电规划设计总院复审。东线北延应急供水工程建设进度加快，计划年底水下主体工程完工。

节水优先，这是针对我国国情水情着眼中华民族永续发展作出的关键选择，是新时期治水工作必须始终遵循的根本方针。

“南水北调工作是调水、节水工作双抓双促双硬的工作。”水利部相关负责人表示，从现实和长远考量，南水弥足珍贵，只有深入贯彻“节水优先”的治水思路，坚持调水、节水两手都要硬，才能更好地发挥南水北调工程的战略性基础性作用。近年来，南水北调工程管理单位依托南水北调建筑群，开展了丰富多彩的节水护水宣传活动，增强了全民节水护水意识。

据了解，沿线各地深入贯彻落实水利改革发展总基调，严格按照“把水资源作为最大刚性约束”要求，先后建立了水资源刚性约束制度，以制度建设和执行拧紧节水“龙头”。北京市在全国率先启动节水型区创建工作，全市16个市辖区全部建成节水型区，北京市万元地区生产总值用水量由2015年的15.4立方米下降到2019年的11.8立方米，万元工业增加值用水量由11立方米下降到7.8立方米，农田灌溉水有效利用系数由0.710提高到0.747。天津市坚持“多渠道开源节流，节水为先”，出台全国第一部地方节水条例。山东省严格实行用水总量和强度双控制度，大力推进各行业各领域节水，将“单位GDP水资源消耗降低”节水指标纳入对各市经济社会发展综合考核指标体系。郑州市实行区域总量控制、微观定额管理的用水管理模式，统一调度地表水、地下水，统一取水许可管理，统一下达计划用水指标，统一征收超计划超定额加价水费。一系列有效实践夯实了建设节水型社会的基础。

加快了沿线城乡供水一体化　助推经济社会发展

沿线各级政府积极统筹、合理安排、科学调度，在用足用好南水上下工夫。河北邱县26万人全部用上了南水，邱县西常屯村70岁的姜书河说：“过去一年难得洗一次澡，现在村里家家户户用上了太阳能热水器，洗澡不再是难题。”

记者了解到，河南安阳市西部调水工程今年3月开工。工程完工后，每年可为50公里外的林州调引南水7000万立方米。南水的到来，加快了沿线城乡供水一体化，中线工程沿线数千个村镇数千万群众受益。

近几年胶东地区降水持续偏少，山东段工程4次应急调水抗旱解困。今年4月，苏北地区用水形势严峻，东线9级泵站投入省内抗旱运行，保证了苏北1600万亩水稻丰收。今年9月，引江济汉工程为长湖、庙湖生态补水，缓解沿线群众用水困难，助推鱼米之乡经济发展。

南水北调移民搬迁完成后，各级政府在移民“能发展、快致富”上下工夫，出台多项帮扶优惠政策，制定安稳致富规划，把移民后扶与乡村振兴、美丽乡村建设结合起来，移民群众迅速融入新环境，实现了灵活就业，人均可支配收入增长2倍左右。

按照国务院批准的方案，2014年以来北京市与河南、湖北两省相关市县，天津市与陕西相关市县深入开展了多方位的对口协作，累计投入协作资金55亿元，实施对口协作项目1300多个、投资总额超400亿元；互派挂职干部400多人次，培训专业人才上万人次，有力促进了水源区的生态保护和高质量发展。特别是在受水区的对口协作和有关中央单位的定点扶贫下，有力地帮助水源区十堰郧阳等贫困县如期打赢了脱贫攻坚战，实现了脱贫摘帽目标和现行标准下贫困人口全部脱贫。

（余璐　人民网　2020年12月14日）

南水北调东线新年度调水正式启动

23日10时，南水北调东线台儿庄泵站开机，标志着南水北调东线一期工程2020—2021年度全线调水工作正式启动，计划向山东调水6.74亿立方米，预计2021年5月底前完成。

本年度是南水北调东线一期工程第8个调水年度，按照计划，本次调水率先启动南水北调东线山东境内工程，江苏境内洪泽湖至骆马湖段以及长江至洪泽湖段工程随之逐级启动。

截至目前，南水北调东线一期工程已累计调水入山东省46.16亿立方米。本年度调水完成后，累计调入山东省水量近53亿立方米，工程社会效益、经济效益和生态效益将得到进一步发挥。

（陆成宽　《科技日报》　2020年12月25日）

行业媒体报道

放心！南水北调水源水质稳定在Ⅰ类

截至2月9日，丹江口水库水质稳定保持在Ⅰ类水标准，其中陶岔、马蹬、青山固定监测站Ⅰ类水检测占比分别达到100%、98.76%、95.02%。

连日来，长江委南水北调中线水源公司在做好疫情防控的同时，制定了丹江口库区防疫期间水质应急监测方案，在常规监测的基础上，增加疫情防控特征指标监测，加密重点测站监测频次，切实保障中线水源地供水安全。

制定方案　加强监测

面对突发疫情，中线水源公司紧跟疫情发展，坚持底线思维，会同项目管理单位于2月8日制订了《应对新型冠状病毒感染疫情期间水质应急监测方案》。

在对库区31个断面的29项常规监测的基础上，增加了余氯和生物毒性等疫情防控特征指标项目的监测。

对陶岔、马蹬、青山固定监测站实行加密监测，将常规指标监测、生物毒性监测频次由每日6次加密为每日8次。

24小时应急响应

按照长江委部署和中线水源公司要求，项目管理单位严格执行24小时值班与突发事件应急响应信息报告制度。

如若发生水质监测数据异常时，及时响应，分析异常，质控核查，记录备案并上报。

确保安全采样

库区水质监测各站、室严格落实中线水源公司相关要求，密切关注值守人员健康状况。

采样、监测人员在开展工作前，做好自身防护。

采用标准样品、平行样、空白样等多种手段确保监测数据准确性，并对监测数据实行逐级校核、审核。

公司每日按时向相关单位及部门进行数据信息报送。

在落实供水工作应急工作机制、加强组织领导、细化专项责任的同时，中线水源公司还要求相关部门在疫情平稳、解除交通管制后，第一时间赶赴库区现场巡查。

（蒲双　中国水利网　2020 年 2 月 11 日）

南水北调中线工程　持续供水不停歇 防控疫情稳民心

1 月 20 日以来，南水北调中线工程向沿线 20 多座大中城市 100 多个县市，持续供水约 2.25 亿立方米，保障了 6000 万人的用水安全，为维护疫情防控期各地民心稳定及公共安全贡献了力量。

量好体温，戴好口罩，定期消毒常用设备设施，工程巡查不间断，运行调度不停歇——这是南水北调中线工程员工疫情防控期间的工作常态。

春节前夕，南水北调中线建管局领导便深入工程沿线 5 个分局和 3 个公司的现场管理单位，要求广大员工把疫情防控与运行管理同步抓紧抓好，为全力打赢疫情防控阻击战贡献南水北调力量。

新冠肺炎疫情发生后，中线建管局第一时间做出响应，强化对下指导，提出明确要求。1 月 22 日，中线建管局印发《关于加强冠状病毒感染疫情防范工作的通知》；1 月 26 日作出再部署，发出《关于做好新型冠状病毒感染的肺炎疫情防控工作的通知》，并成立由局长于合群、党组书记刘春生担任组长的中线建管局应对疫情工作领导小组。

中线建管局严格落实水利部关于疫情应对的通知要求，减少人员集中，避免交叉感染，细化三项措施保通水。一是在中线工程沿线进一步加强值班、值守、巡查和安防工作，通过“巡查系统 APP”加强监管，确保工程、运行、水质安全。二是局领导及各部门主要负责人和运行调度岗在岗位工作，其他职工远程办公，确保工作正常开展。三是全局各自办食堂，就餐人员自带餐具，分时打餐，做好办公区和运行设施消毒。同时针对闸站值守、安保巡查、安全监测、冰情观测等可能发生的人员暂时缺位隐患，组织党员主动编组，发生问题后及时补位。同时，梳理近 3 个月可能受疫情影响的常规工作，如项目招标采购、水质监测采样、专项项目实施等，要求各单位立即制定预案，确保后续工作有序开展。

特殊时期，中线建管局 50 支党员先锋队放弃休假，代替离家较远及外地居住的职工，承担起了疫情防控期节假日运行值班工作。中线建管局机关党委发出倡议书，要求各级党组织和党员干部带头讲政治，政治责任要扛牢；带头固防线，战斗堡垒要夯实；带头作表率，先锋模范要给力。

在防控疫情的关键时刻，南水北调中线工程重要部位党旗高高飘扬。

在陶岔渠首，发电厂不停地运转，8 名党员组成的先锋队 24 小时值守，党员孙晓辉已经连续 5 个春节在岗位上度过。目前发电厂发电近 600 万千瓦时，为南阳地区抗击疫情提供有力支撑。

中线穿黄工程 30 多名党员春节昼夜守护工程安全，严密监测调度信息，定期检查设备运行情况，迎着风雪巡查工程，发现围网损坏及时修补，连续坚守 20 多天不停歇。

保定管理处和西黑山管理处担负着冬季冰期输水的重任，党支部书记带头值守，加大设备巡视和在线监测，保证了冰期输水安全平稳。

中线工程总调中心是全线的运行中枢，党员先锋队 24 小时坚守岗位，把确保一渠清水北送作为最大的责任和担当。

（张存有 《中国水利报》 2020 年 2 月 11 日）

南水北调东线工程　防控调水两不误

1 月 31 日，南水北调东线总公司召开新冠肺炎疫情防控工作视频会议，对疫情防控期间的调水、北延工程施工，以及公司办公场所疫情防控等工作进行了安排。

视频会议指出，当前疫情防控形势依然复杂严峻，要按照水利部应对疫情防控工作领导小组要求，把打赢疫情防控阻击战作为当前的重大政治任务，切实增强责任意识、危机意识，全力做好疫情防控工作。要对公司员工近期出行情况进行摸底排查，严格按照属地防疫要求，做好疫情防控工作，做好公司办公场所的防疫消毒工作。要加强宣传引导，普及疾病防治常识。要针对实际情况做好2019—2020年度调水工作及北延工程复工安排，确保防疫期间安全生产。同时做好居家观察，并保证工作的连续性。

（周彧 《中国水利报》 2020年2月11日）

南水北调中线建管局天津分局用热血和汗水守护江水进津“大动脉”

一场突如其来的疫情，一座座坚若磐石的红色堡垒，一个个义无反顾的“逆行”背影，在这场没有硝烟、却有生死的阻击战面前，每名逆行者都是“战士”。

疫情防控，南水北调人责无旁贷。南水北调中线建管局天津分局立足主业、扛起主责，以党建为引领，做到疫情防控与中心工作两手抓、两不误，全力打赢这场疫情防控阻击战。

不忘调水初心　牢记护水使命

截至2020年2月8日，南水北调中线天津干线已向天津市累计引调长江水超过47.5亿立方米，相当于338个西湖水量，水质始终稳定达标，保持或优于地表水Ⅱ类标准。

沉甸甸的数字背后，是南水北调中线人不忘调水初心、牢记护水使命的铮铮誓言。

“工程安全是确保供水水量的基础，核心是及时发现和解决安全隐患。我们开展工作一定要抓住这个核心。尤其是防疫关键时期，更要为天津市和干线沿线市县提供坚强水源保障，安全供水、供安全水。”天津分局工程处处长刘卫其的话，凝聚了分局全体党员干部的最大心愿。

刘卫其和同事们一直在思考的问题，就是如何保证天津干线地下箱涵安全运行。他带领团队，积极组织协调现地管理处和相关部门采取有力措施，切实提高工程冰期运行保障能力，为天津干线工程运行安全夯实基础。

面对肩负的重任，中线人无私奉献、勇于担当，守护一渠清水，守望调水初心，为打赢这场战“疫”提供源源不断的“生命甘霖”。

应对挑战考验　实施正向牵引

“作为南水北调中线的建设者和守护人，我们有信心、有能力、有把握打赢这场仗!”分局党委主要负责同志和党委委员带头坚守岗位，扎根一线、靠前指挥，第一时间成立分局工作小组，建立疫情防控联络群，及时制定分局防控方案并落地实施。

现地管理处党支部积极响应中线建管局的各项倡议，将“党员责任区”和“党员示范岗”前移，组织开展体温监测、每日排查，定期消毒、联防联控，严格落实疫情信息报告制度，积极配合所在地党委政府各项工作，为应对挑战、促进运行管理提档升级提供组织保障。

疫情的变化打乱了分局和沿线管理处的值班安排，但疫情就是命令，防控就是责任。分调度中心和沿线全体值班人员有的放弃了和家人团聚的机会，有的只能通过手机视频向怀有身孕的妻子远程问候……在平凡的岗位上用不平凡的付出，凝聚起打赢疫情阻击战的磅礴力量。

战“疫”还未结束，天津分局全体党员干部职工，将继续用热血和汗水守护江水进津“大动脉”的永续畅通，用责任和担当书写“一渠清水润津冀”的精彩答卷。

（李永鑫　《中国水利报》　2020 年 2 月 15 日）

南水北调中线建管局河北分局
供水不间断　为民护水脉

面对南水北调中线工程 365 天、24 小时不间断不停水的通水运行管理要求，南水北调中线建管局河北分局党委引导各党支部和全体党员坚决守好通水运行安全的生命线，把保障疫情防控期间沿线地区人民生活用水安全，作为当前稳定人心、坚定信心、打赢疫情防控阻击战的政治保障。

全力打好运行管理保障主动仗

“渠道边的山坡着火了！”2月11日，永年管理处中控室视频监控发现突发情况，副处长、支部组织委员裴晓辉与党员杜金山、赵禄康、贾俊璞、预备党员刘艳波立即带头赶赴现场灭火。经过两个小时的奋战，扑灭了对通水运行安全造成影响的一切可能，为支持疫情防控阻击战提供了安全保障。

春节以来，永年管理处针对疫情防控压力大、设备运行任务重的情况，永年管理处党支部书记冀海河带领支部党员组成党员突击队冲锋在前，充分发挥支部战斗堡垒作用和党员模范作用，一手抓疫情防控，一手抓通水安全，把党员示范岗、党员责任区建在工程巡查、信息机电设备巡视、视频安全监管等疫情防控期间运行管理工作一线，做到守土有责、守土尽责。

各党支部和全体党员围绕人身安全、工程安全，把党员责任区、党员示范岗建在调度值班、工程巡查、视频现场安全监管等运行管理工作一线，冲锋在前、主动补位，哪里缺人手，哪里有困难，哪里就有党员率先行动，确保运行管理工作不断档、通水安全有保证，切实增强行动自觉，以此检验党建与业务深度融合工作的成效，巩固深化“不忘初心、牢记使命”主题教育的成效。

针对疫情防控期间减少人员流动形势的需要，分局党委充分利用信息化视频监控远程在线技术手段，加强现场安全监管。在分调度大厅、中控室增设一名视频监控人员，抽调其他处室（科室）党员、发展对象、积极分子优先轮值。同时，配套印发疫情防控期间重点监控手册，采取设备设施图文并茂、简明标注、一看就懂、管事好用的方式，清晰标示监控重点、检查项目及常见问题，有效开展远程在线巡查监控工作。

坚决打好“两个作用”作风持久战

分局党委、班子成员带头做好春节期间值班工作，分局党委书记春节以来吃住在办公室，坚守岗位调度指挥疫情防控工作。各党支部和全体党员冲锋在前，全体员工及时跟进，积极响应中线建管局机关党委倡议，筑牢运行管理一线“战疫”防线。

面对当地疫情防控期间禁止外地人员出入的管控举措，各管理处党支部书记及党员吃住在管理处，始终坚守在运行管理“战疫”一线。据统计，2月3日以来，党员、党员发展对象、积极分子在岗人员，始终保持全部在岗人员的近70%。

“我是党员，我不顶上去谁顶上去?”邯郸管理处主任工程师张博同志春节以来坚守运行管理一线，顾大家、舍小家，面对家人的抱怨如此解释。从腊月二十九至今，党群工作处党员刘斯嘉同志每天从大量枯燥繁杂的健康信息数据中，精准分析筛选有用信息，无怨无悔地当好了“战疫”一线的“通信兵”。磁县管理处入党积极分子谢兵波忙碌在运行管理一线，爱人奔波在医院疫情防控一线，家中的孩子顾不上看一眼。

正是一名名党员的坚守和付出，才使得安全输水不间断，保障了沿线地区千万人的供水安全，为打赢疫情防控这场硬仗提供了有力的水资源支撑。

（翟雅琦　乔红珠　《中国水利报》　2020年2月22日）

近在咫尺听发言　足不出户看现场
南水北调中线一期穿漳工程首秀“线上”验收

经过两天的视频会议，3月12日，南水北调中线一期工程总干渠穿漳河交叉建筑物工程，通过了设计单元完工验收项目法人验收。这是在新冠肺炎疫情防控期间，南水北调中线建管局通过“线上”完成的第一个设计单元工程完工验收项目法人验收，比原定计划提前了19天。

相约屏幕“线上”验收

南水北调东、中线一期工程验收是水利部的重点督办任务，水利部专门成立了验收领导小组。据悉，中线干线工程总计77个设计单元工程需要完成完工验收，截至目前已完成27个。2020年，中线建管局计划完成24个，因此，各项验收任务十分繁重。受疫情防控隔离措施影响，完工验收工作困难重重。按计划，中线穿漳工程3月必须进行完工验收项目法人验收。时间不等人，中线建管局要求河南分局大胆创新，将穿漳河交叉建筑物验收以视频会议的形式进行。

“每个设计单元工程完工验收项目法人验收，都是一场不小的战役。”验收组成员、中线建管局工程维护中心主任傅又群说。以往，工程验收会会期在3天左右，应邀专家和各参建单位代表要集中报到、现场查看、成立验收工作组、听取相关单位汇报，还要查阅各类资料、讨论并形成验收工作报告，“验收会议要提前筹备，安排会议日程，准备各种材料，过程十分繁琐，必须做到万无一失。”

“线上”验收与工程现场验收相比，程序不少，标准不降，进度不减，效率更高。“线上”工程验收最大的好处是不受地点、时间限制，利用网络、手机和笔记本电脑随时办公。一块小小的视频屏幕，把天南海北的人聚在一起，完成验收工作。

安阳管理处（穿漳管理处）的参会人员介绍说，“线上”验收好处有三：首先节约成本，减少了会务费、住宿费、差旅费等费用；其次，可以确保疫情期间人员安全，大家居家办公，网上视频，减少了人员聚集，降低了乘坐公共交通带来的安全风险；再就是验收质量有保证，工程验收严格按照验收流程，程序不变不减，确保验收质量。

精心准备　千里相会

真要办好“线上”验收并不容易。安阳管理处（穿漳管理处）的周彦军主要负责这次视频验收会准备工作，他告诉笔者，验收共需准备13份报告。每一份报告完成后，要发给河南分局和各位专家及相关单位参会代表审核，收到反馈意见再修改完善，每次都挑灯夜战。验收会议采用PPT讲解，要把几十页的建管报告和运管报告浓缩在10分钟的汇报里，为此大家多次讨论，集思广益。此外，还收集了穿漳工程10余年的影像资料制作成专题片，精益求精，反复修改。

因是全线第一次利用视频会议系统召开验收会议，参会人员分布在全国各地，会议议程和细节的沟通协调、人员联系，工作量非常大。部分老同志对软件不熟悉，需要逐个教学。为避免验收会议当天突发网络不佳、系统故障等情况，他们提前两天彩排，开展会议模拟测试，并全程录像，做两手准备。

最紧张的是会议前3天，需通知参会人员下载安装腾讯会议App，完成App预约。在会议前半小时，参会人员通过微信邀请进入会议群。据统计，此次参会人员共34人，分布在北京、武汉、郑州、西安、新乡、巩义、聊城、安阳、荥阳等9个地方。虽然来自天南海北，但在同一时间进入同一间"会议室"，进行工程验收，这在南水北调中线工程验收史上还是第一次。

工程师变身视频"主播"

疫情防控期间，"线上"现场查看是这次验收会的关键环节。为让验收组成员通过手机或电脑直观地看到穿漳倒虹吸进出口工程实体，安阳管理处（穿漳管理处）三四位工程师变身为视频"主播"，以手机在线视频的方式，分布在多个现场展示并介绍工程和运行概况。"主播"之一周朋飞说，穿漳工程位于河南河北两省交界处，网络信号经常不好，他们多次前往穿漳工程现场进行路线规划、人员详细分工和彩排。

"各位领导、专家上午好，我现在所处的位置是穿漳段工程的起点，这是进口连接渠道，长93.14米，为高填方，往前走，大家看到的这座建筑物是降压站……"验收会议当天，周朋飞站在预定位置，打开视频共享模式，进行直播。随着镜头的移动，一幅幅画面展示在验收组成员的眼前，清粼粼的渠水，蓝湛湛的天空，干净整洁的渠道，雄伟的建筑物，一尘不染的机电设备。周朋飞按照预定路线，把穿漳工程进口渠道、降压站、退水排冰闸、进口检修闸一一详细介绍，现场直播取得了极佳的效果。

新冠肺炎疫情防控下，中线一期工程总干渠穿漳河交叉建筑物工程顺利通过设计单元工程完工验收项目法人验收，为南水北调东、中线一期后续其他设计单元工程完工验收积累了宝贵的经验。

（许安强　赵林涛　杨媛　戚树宾　《中国水利报》　2020年3月24日）

海河水利委员会组织开展南水北调工程安全运行视频飞检

日前，海河水利委员会按照水利部有关工作要求，充分结合流域实际，积极探索实施信息化监管，组织成立检查组利用蓝信视频会议系统，对南水北调中线工程安全运行情况开展视频飞检。海河水利委员会副主任徐士忠统筹开展此次飞检工作并亲自参加对部分单位的视频飞检。

水利工程运行管理视频飞检尚处于摸索试验阶段，无成熟模式可以借鉴。为做好此次视频飞检工作，海河水利委员会结合南水北调工程实际提前拟定切实可行的工作方案，确定检查工作流程，明确检查重点，拟定档案检查清单，做到“内业”与“外业”并重，最大程度确保监督检查效果。检查过程中，检查组围绕工程运行管理、安全生产、应急管理等检查重点，逐个连线相关单位专业负责人，严格按照《水利工程运行管理监督检查办法（试行）》有关规定，对各单位调度中控室、物资仓库、重点工程部位进行监督检查，查阅了工程运行管理、安全生产等方面相关资料，并与被检查单位进行深入交流，及时反馈了检查中发现的问题。

按照水利部要求，海河水利委员会将南水北调安全运行监管工作纳入海河水利委员会监督体系，明确分工、落实责任部门和责任人，积极推动工程安全运行、防汛以及水量调度等监管工作，先后组织对南水北调中、东线工程运行管理以及在建工程进行暗访、督导检查。2020 年以来，海河水利委员会编制完成《海委 2020 年度南水北调工程运行安全监管工作方案》并上报水利部，并将方案进行细化、编制分月工作方案，确保安全运行监管工作有序开展，实现工程安全运行日常监管常态化，形成监管合力，保障工程安全运行。

海河水利委员会监督处、河湖建安中心有关人员参加视频飞检。

（中国水利网　2020 年 4 月 20 日）

2019—2020 年度南水北调东线一期工程向山东调水圆满结束

2020 年 4 月 30 日 12 时 25 分，随着台儿庄泵站停机，南水北调东线一期工程2019—2020年度向山东调水圆满结束。自2019年12月11日开始调水以来，南水北调东线一期工程2019—2020年度累计调入下级湖水量7.03亿立方米，实现年度调水目标。截至目前，南水北调东线一期工程向山东已完成7个调水年度任务，累计调水已达47亿立方米。目前，山东境内工程继续按年度调水计划开展省内受水区的调水工作。

为确保南水北调东线一期工程按计划调水并持续发挥效益，促进实现受水区与水源区互利共赢、共同发展，淮委积极组织开展东线一期工程水量调度监督管理。委党组十分重视东线调水工作，主要领导亲自抓，分管领导重落实，多次做出部署，明确提出要求，委领导还在春节前夕率队赴省际监测断面现场检查指导。特别是新冠肺炎疫情防控期间，淮委认真贯彻党中央决策部署和部党组工作安排，严防死守抓好疫情防控，保质保量做好重点工作，确保疫情防控期间调水工作的正常有序开展。2019—2020年度调水期间，淮委组织在输水干线省际段台儿庄、二级坝、长沟、后营（长沟泵站关闭时启用）4处水量监督性监测断面施测流量480次，在东线工程省际段福运码头水质监督性监测断面实施水质监测6次，在输水干线（三江营—东平湖段）28处水质监督性监测断面实施水质监测168次，涉及高锰酸盐指数、COD、BOD_5、氨氮、总磷等23项指标，共获得水质数据3800余个。沂沭泗局及有关直属局、基层局调水期间对管理范围内沿线泵站、直管工程、船闸的运行情况及取水口取用水情况开展巡查，沂沭泗局不定期监督检查，南四湖局、骆马湖局每月检查不少于1次，基层局每月巡查不少于4次，累计巡查647人次，行程约24000公里，疫情防控特殊期间通过电话、微信、网络办公等方式开展线上检查40余次，圆满完成了调水期间水量、水质监督性监测工作，为保障南水北调东线一期工程供水安全发挥了应有的监管作用。

下一步，淮委将继续做好后续南水北调东线一期工程水量调度监督管理，科学编制南水北调东线一期工程2020—2021年度水量调度计划，推进南水北调东线一期工程水量水质监测及信息共享、南水北调东线一期工程水量调度应急预案编制等工作，强化南水北调东线一期工程水量调度管理基础，进一步提升流域水资源管理工作能力与水平。

（中国水利网　2020年4月30日）

工作实效检验行动　具体行动彰显担当

——南水北调中线渠首分局实施设计最大流量输水纪实

5月9日8时30分，南水北调中线工程陶岔渠首，清澈的丹江水穿过闸门，欢涌向北。南水北调中线渠首分局的监测显示，此刻的入渠流量为420立方米每秒，这是中线工程首次以设计最大流量进行输水，以这个流量5秒钟即可充满1个标准游泳池。

南水北调中线工程在第6个调水年度就达到加大流量420立方米每秒输水设计目标，是对工程输水能力的一次重大检验，是工程质量稳定可靠和效益充分发挥的重要标志。对此，南水北调中线建管局渠首分局提前积极迎战准备，强化组织领导，细化工作措施，夯实责任落实，迎战420立方米每秒加大流量输水。

明措施，细落实

渠首分局管辖着中线工程起始段，过流流量最大。作为迎接工程全面检验的第一站，渠首分局迅速成立现场工作组，组织召开专题讨论会，围绕辖区工程实际细化制定输水调度、工程巡查、安全监测、安全生产及保卫、水质保护、信息机电、监督检查、地方联动、应急管理、综合保障等措施，详细梳理了辖区重点渠段和风险部位。随后他们将更多精力投入到落实执行中，以工作实效检验行动部署，从具体行动看责任担当。

分局领导干部带头，全体出动奔赴工程一线。分局负责人带领机关人员组成4个工作组，到辖区工程现场督导检查各项措施执行落实情况，与一线人员一起查风险、补短板、消隐患，共同补充完善各项准备工作和保障措施的细节，确保输水万无一失。各管理处党支部充分发挥战斗堡垒和先锋模范“两个作用”，号召党员和入党积极分子深入工程一线，在加大流量输水工作中建功立业。南阳管理处将辖区工程分为8个巡查组，每个巡查组至少有1名以上党员，对高填方、膨胀土等重点渠段和风险点，坚持24小时值守，发现问题及时处理，确保加大流量输水安全平稳运行。

抓源头，稳流量

陶岔渠首枢纽工程是南水北调中线的“水龙头”，仅通过电厂机组过流已不能满足加大流量的需求。为保障电厂运行平稳、水量调度安全，结合当前丹江口水库的水情和电厂机组运行状况，渠首分局迅速制定了陶岔渠首水电联合调度方案，通过“以水定电，水电联调”调度方式为加大流量输水提供了技术保障，实现了通水效益与发电效益的综合发挥。4 月 29 日 18 时 40 分，陶岔渠首引水闸 2020 年度首次开启，入渠流量通过水电站机组和引水闸同时过流，拉开了总干渠加大流量输水的序幕。

严培训，提素质

输水调度工作是加大流量输水的关键环节，渠首分局组织分调度中心及各管理处调度值班人员 70 余人进行了专题培训。培训以问题为导向，以规避风险为目标，从水情数据管理、指令执行、预警管理、网络安全等方面进行问题分类梳理和分析，并结合输水调度标准化建设创优争先和大流量输水专项检查发现问题，尤其是针对易发、频发的问题进行深入讲解剖析，从而强化输水调度培训的针对性和实用性，不断提升调度人员的综合业务素质。

根据明确的巡查重点区域和要求，各管理处组织对工程巡查人员、水质巡查人员、安保巡逻人员进行了再次培训交底，强调加密巡查注意事项，确保苗头性隐患问题早发现、早处置，做到全线工程运行状况心中有数、杜绝盲区。

清障碍，畅通道

为消除阻水设施对加大流量的可能影响，渠首分局迅速行动，第一时间组织人员队伍和技术装备，制定施工方案，落实临水作业安全措施，加强现场指导和监督，全力保障拆除作业过程安全、人员安全和水质安全。在渠首水质工作平台拆除过程中，存在陶岔水质自动监测站取水系统重新布设、流量计电缆线跨渠加固等难题，渠首分局水质监测中心迅速协调相关业务部门研讨，经过通力协作和共同努力，快速高效安全完成了拆除工作。5月1日11时，渠首分局辖区内水质专用设施、应急工作平台、拦油设施、取水点栏杆、分水口门拦漂导流设施等所有可能阻水的设施均按要求全部拆除。

强宣传，保安全

“小朋友，你知道身边的这条‘大河’是干什么用的吗?”“老乡们，南水北调渠道里水深流急，一定要远离工程区域，保护自己的同时也保护好身边的朋友。”陶岔电厂和陶岔管理处安全科的工作人员手持话筒，向过往群众介绍着南水北调工程。这样的场景在渠首分局辖区沿线随处所见。

受“五一”小长假、新冠肺炎疫情、复工复产等因素影响，输水沿线人员流动增多，且随着流量加大，一旦发生落渠抢救难度更大。各管理处组织警务室和安保人员走进乡镇街道，采取利用视频宣传车播放南水北调防溺水警示片、分发宣传单、用巡逻车喇叭宣讲安全知识等多种形式向周边群众宣讲防溺水常识，积极营造安全和谐的外部环境。

4月30日12时，陶岔渠首入渠流量首次达到385立方米每秒，突破设计流量，至5月9日8时30分达到420立方米每秒加大流量。期间渠首段工程安全运行，水质稳定达标。

（王朝朋　孙天敏　金涛　杨孩　《中国水利报》　2020年5月26日）

南水北调工程管理司
打造永续造福人民的一流幸福工程

在中华民族即将实现第一个百年奋斗目标并向第二个百年奋斗目标迈进的关键节点，习近平总书记统揽全局，亲自谋划、推动黄河流域生态保护和高质量发展战略上升为重大国家战略，充分体现了谋千秋大计的恢弘视野、谋永续发展的非凡智慧、谋民族复兴的强烈担当。习近平总书记在黄河流域生态保护和高质量发展座谈会上的重要讲话，为全面做好水利工作提供了强大思想武器，注入了不竭动力。作为南水北调工程管理工作者，要把总书记讲话精神贯彻落实到工程运行管理和建设的方方面面，确保东中线一期工程安全运行、加快东中线一期工程扫尾，加快推进后续工程建设，持续发挥工程效益，努力打造永续造福人民的一流幸福工程。

坚持安全第一
确保完成水量调度目标任务

总书记指出，“黄河宁、天下平”，强调了黄河长久安澜的重要性。同黄河一样，作为一项事关我国北方地区供水安全的重大水利工程，安全是南水北调工程必须牢牢守住的底线，保障南水北调工程安全运行，就是保障华北地区尤其是京津冀地区的供水安全、发展安全。

加强水量调度管理，确保供水安全。进一步做好水量调度监督管理，执行好2019—2020年度水量调度计划，确保东线一期工程向山东调水7.03亿立方米，中线一期工程全年完成调水70.84亿立方米。

紧盯大事要事，推动目标实现。按照梳理总结出的16项重点工作，精心组织协调，建立健全工作责任落实和联络机制，制定重要事项工作台账，责任到人，挂表督战，一抓到底，确保议定事项按期保质落实落地。

补齐工程短板，夯实安全之基。对正在进行的重点项目，围绕目标通力协作，开展专项督导，严控时间节点，倒排工期、挂图作战、全力推进，确保质量安全。

坚持高质量发展
为后续工程建设做好准备

总书记强调，要从实际出发，发挥比较优势，构建高质量发展的动力系统，积极探索富有地域特色的高质量发展新路子。这一重要论述，在指导黄河流域高质量发展的同时，进一步丰富和发展了总书记关于高质量发展的重要思想。落实到南水北调工作上，就是要一方面提高水资源承载能力，以优质供水支撑经济高质量发展；另一方面，加快推进后续工程建设各项工作，早日织就水资源优化配置的“中华水网”，同时拉动有效投资，稳定经济增长和增加就业。

加快推进北延应急工程建设。细化责任，明确分工，建立协调机制，强化进度与质量管理，加快推进东线北延应急供水工程建设，完成年度建设目标，争取尽早达效。

力促尾工和配套工程建设。按进度计划督导推进尾工项目，督促相关省市推进配套工程建设。推动工程管理和保护范围划定及专项检查工作，加强穿跨邻接项目监管。组织中线左岸防洪影响处理问题调研。

全力做好后续工程开工建设准备。组织有关项目法人提前介入后续工程前期工作，做好集团公司组建相关体制完善工作，筹划好后续工程建管体制，做好东线二期、引江补汉、中线调蓄水库等后续工程 2020 年开工建设的各项准备。

坚持绿色发展
充分发挥工程生态效益

总书记强调，新时代治黄要坚持“生态优先”原则，这与“绿水青山就是金山银山”的理念一脉相承，是习近平生态文明思想的进一步丰富和发展。南水北调工程是一项生态工程，这一原则为更好发挥工程生态效益、助力生态文明建设提供了新机遇。

从理论层面明确南水北调生态功能定位。在已有实践经验基础上，组织专家就生态工程内涵、生态效益评价标准、南水北调工程在生态文明建设及国家生态安全战略中应承担的责任和发挥的作用进行全面、科学、系统论证，形成完备的理论体系，为今后更好地挖掘、提升、强化南水北调工程生态功能，进一步发挥工程生态效益提供理论支撑。

推进生态补水常态化。研究制定生态补水管理办法及规程、规范，从政策、资金、技术等方面研究建立生态补偿长效机制。在确保安全的前提下，研究丹江口水库汛限水位分期控制、动态控制等问题，充分利用水资源。在确保水量充足、水质达标的前提下，充分利用工程现有输水能力，持续对华北河湖及地下水超采区实施生态补水，改善沿线区域生态环境。根据生态补水需要，研究中线退水闸改常规供水的工程措施，提升生态供水安全保障能力。

践行绿色发展理念，推动生态景观带建设。指导工程项目法人继续做好沿线植绿护绿工作，与地方政府一道，打造东、中线两条生态景观带，带动沿线区域生态修复、产业绿色发展、城乡优化布局和美丽家园建设，为推进生态文明建设积累经验、提供示范。

坚持统筹协调
为工程提质增效提供坚强保障

总书记指出，黄河生态系统是一个有机整体，必须从系统工程和全局高度寻求新的治理之道，这既是对黄河治理的要求，更是对各江河湖泊治理和各水利工程管理提出的要求。结合南水北调工作实际，要坚持系统观点，注重各方面衔接协调，全面统筹谋划，确保工程综合效益持续发挥，永续造福民族、造福人民。

总结提炼南水北调精神。围绕南水北调规划建设、运行管理、效益发挥等方面，深入挖掘南水北调品牌理念和价值定位等，打造“大国重器”品牌形象。组织精锐力量开展专项研究，总结提炼南水北调精神，力争尽快形成具有时代性、思想性、整体性和共享性的南水北调精神，不断提升运行管理水平和后续工程建设水平，打造世界一流调水工程的精神丰碑。

不断完善工程管理法规制度。做好《南水北调工程供用水管理条例》的宣传、执行和解释等工作，及时总结工程管理理论和实践创新成果，提高制度建设的针对性和有效性。推动南水北调中线干线工程安全鉴定有关研究工作，确保工程检修有法可依。组织开展南水北调东线一期北延应急供水水量调度方案编制研究工作，着力构建东线北延应急供水常态化实施的长效机制。完善南水北调工程运行安全监管体系，制定年度防汛及运行安全监管工作方案，构建统一、共享的整改问题台账。

抓实党建业务深度融合。注重党建引领，将党建和业务工作同部署同落实，以党建强业务，以业务促党建，不断提高工程管理工作的凝聚力和向心力。深化“不忘初心、牢记使命”主题教育，学深一层、落在实处、作出表率，不断巩固提升风清气正的政治生态、营造干事创业的浓厚氛围，打造“忠诚、干净、担当，科学、求实、创新”的干部队伍，为推进工程管理各项工作“提档升级、提质增效”提供坚强保障。

（《中国水利报》　2020年6月18日）

南水北调通水以来生态效益显著

南水北调工程作为缓解北方地区水资源严重短缺局面的重大战略性基础设施，改变了广大北方地区尤其是黄淮海平原的供水格局，使水资源配置得到优化，为解决华北地下水超采问题提供了重要水源，对修复生态环境、促进沿线生态文明建设起到了积极作用。

工程全面通水以来，中线工程输送的南水已占北京城区日供水量的75%，有效缓解了北京水资源紧张局面，也使密云水库得以休养生息，水库蓄水量持续攀升。数据显示，截至今年8月底，进入密云水库的南水北调水累计超过5亿立方米。目前，密云水库蓄水量达到23亿立方米，水库水位超过147米。

中线工程自2017年9月起，连续4年通过沿线退水闸先后向北方47条河道开展了生态补水。截至今年8月28日，生态补水量累计已超47亿立方米，其中华北地区回补27亿立方米。东线一期工程通过干线工程引南水向南四湖、东平湖补水超3.74亿立方米。

南水北调工程在推动整个受水区生态文明建设方面发挥了重要作用，促使沿线水生态环境逐步改善。工程沿线城市的河湖湿地以及白洋淀水面明显扩大，水生态环境的改善提升非常明显。北京密云水库蓄水量自2000年以来首次突破26亿立方米。向白洋淀补水约2.5亿立方米，河北省12条天然河道得以阶段性恢复，工程沿线的河湖重现生机。河北石家庄的滹沱河曾一度断流，南水北调工程让它再一次恢复了生机。“以前河里全是垃圾。近两年有了水，现在能看见小鱼小虾了，野鸭子也来了，老人和小孩都喜欢到这里玩。”滹沱河周边的群众高兴地说。

南水北调工程使水生态环境得到修复改善。南水北调东、中线一期工程通水以来，受水区域河湖水量明显增加，生物种群数量和多样性恢复明显，极大地改善了沿线部分河流、湖泊的生态环境。据相关数据显示，南水北调东、中线一期工程全面通水以来，在南四湖栖息的鸟类达到200种，数量有15万余只，绝迹多年的小银鱼、毛刀鱼等再次出现。还在南四湖白马河发现了素有“水中熊猫”之称的桃花水母。中华秋沙鸭、黑鹳等珍稀鸟类也相继出现在河北省兴隆县水域。

南水北调使河湖水量明显增加，使地下水水位明显回升。南水北调工程通水以来，通过水资源置换、压采地下水等措施，沿线受水区地下水水位明显回升。深层地下水水位由降转升，极大地促进了地下水水源的休养生息。北京、天津、江苏、河北等区域地下水水位均显著回升。在密云水库工作了20年的王荣臣对南水北调水进京后水库的新变化表示道："2014年以前，密云水库处于低水位运行，水面可以看到十几个岛屿。而现在，水库只能看到两三个岛屿，其余都淹没在水面以下了。"

随着后续工程的不断推进，南水北调工程的生态效益将进一步扩大与显现。

（黄亚男 《中国水利报》 2020年9月15日）

智慧中线 安全调水

——南水北调中线举办开放日活动

"天津干线就像由一节节15米长的车厢相连的地铁，但我们乘坐的地铁每天都能够休息，而天津干线这辆地铁却永不停歇，人根本无法进入箱涵检查维修，只能通过埋设的'体检器'来把脉问诊，这一切都得益于智慧中线，我们做到了把安全监测揣在兜里，把安全供水放在了心里。"中线建管局天津分局天津管理处员工王玲玲的比喻一下子就把听众吸引住了，这是10月16日在天津市举办的南水北调中线工程2020年度开放日活动中的精彩一幕。

南水北调中线工程开放日活动已经连续举办3年，今年的主题为"智慧中线，安全调水"。南水北调中线途经的河南、河北、北京等多个省市相继举行开放活动，展示南水北调工程运用科技手段保障一江碧水安全北流。

在天津外环河出口闸场区的活动现场，工作人员展示了箱涵监测仪器与水质检测设备，并用微缩模型演示了南水北调工程如何向北方输水。天津分局邀请的政府机关、南开大学等代表随着讲解员的讲解，边听边看，深入了解中线工程的现代化运行管理，探究南水北调中线工程作为大国重器背后，如何运用科技手段保障工程一江碧水安全向北流。

南水北调中线工程通水以来，供水量持续增长，水质稳定达标，已经成为沿线城市供水的生命线。信息化代表了未来水利工程运行管理发展的方向，中线建管局先后建成了以控制专网为核心的基础保障体系、以输水调度为核心的自动化调度体系、以办公信息化为核心的运行管理体系，提升了工程管理现代化水平。

南水北调中线工程全长 1432 公里，交叉建筑物 2385 座，全线节制闸、退水闸、分水口门众多，闸站监控系统、日常调度系统、水量调度系统是中线工程自动化调度的核心生产系统。三者相辅相成，最终实现了远程自动化调度无人值班和少人值守的目标。

以办公信息化为核心的运行管理体系，是保障中线工程安全运行的先进武器。工程巡查维护系统采用 IT 技术、移动技术、GIS 技术、工作流引擎、机器学习等先进技术，贯穿发现问题—问题上报—受理—处理—消缺整个过程，达到了“巡检有计划、过程有监督、事后有分析、处理可追踪”的目标。

安全监测系统通过全线布设的 8 万余个安全监测点，实时监测渠道安全。水质监测系统依靠输水干渠布设的多个固定监测站、自动监测站和移动实验室，实时在线监测水质变化。最新研制的边坡除藻多功能车设备高效、环保，确保了水质安全。

物联网应用系统实时监测全线设备运行环境，实时监控渠道人员进出保证安全。“中线天气”应用系统分析汛期降雨和影响范围，提前判断，发出预警。防洪信息管理系统则使全线防汛物资、应急队伍、风险项目等信息尽在掌握，实现相互调配。目前，研发的卫星遥感探测技术、北斗自动化变形监测系统、水下机器人探测技术等项目已经进入试点应用。

“自 2015 年以来，天津干线工程每年的实际调水量都超过规划调水量，今年实际调水量已达 12.3 亿立方米。”中线建管局天津管理处副处长程德鑫说，尽管近几年每年调水量都在增长，工程安全是有可靠保障的，这归功于中线工程实行现代化的运行管理。中线建管局开发了“中线一张图”时空信息服务平台很管用，将工程信息、专题业务信息、实时运行信息、BIM 信息、基础空间信息、遥感及无人机实景信息浓缩进“一张图”，为业务和决策提供全面数据支撑。

（吴涛　胡敏锐　闫智凯　《中国水利报》　2020 年 10 月 20 日）

南水北调工程带来巨大经济效益

南水北调作为我国一项重要的水利工程，自通水以来，带来了巨大的经济效益。

南水北调从根本上改变了受水区供水格局，提高了大中城市供水保障率，为经济结构调整包括产业结构、地区结构调整创造了机会和空间，有效促进了受水区经济发展方式的转变，经济效益显著。

南水北调支撑国家重大战略实施。黄淮海流域总人口4.4亿，国内生产总值约占全国的35%，在国民经济格局中占有重要地位。黄淮海流域的大部分地区是南水北调工程受水区，南水北调工程正在为京津冀协同发展、雄安新区建设、黄河流域生态保护和高质量发展等重大战略实施，以及城市化进程的推进，提供可靠的水资源保障。

截至目前，南水北调已累计向北方调水超375亿立方米，为我国北方地区GDP的增长提供了优质水资源支撑。南水北调东中线一期工程建设期间，工程投资平均每年拉动我国GDP增长率提高约0.12个百分点，工程投资对经济增长的影响通过乘数效应进一步扩大，直接受益人口超过1.2亿人。这也促进了社会稳定和群众收入的增长，刺激了消费需求，保障经济社会协调发展。建设期间，南水北调直接拉动国内生产总值增长，带动了土建施工、信息自动化、污水处理等多个重要的产业领域发展，增加了工程机械、园林苗木等产品的需求，进一步刺激了相关上游产业和关联产品的生产发展。例如河南淅川县在南水北调丹江沿线建成32个精品生态观光示范园，6.5万渠首农民端上“生态碗”，带动1.2万名贫困户年增收近2万元。同时，在南水北调东中线一期工程建设期间，参建单位超过1000家，建设高峰期每天有近10万名建设者在现场施工，每年增加了数十万个就业岗位。

南水北调持续调水稳定了航道水位，改善了通航条件，延伸了通航里程，增加了货运吨位，大大提高了航运安全保障能力，促进了当地经济发展。东线一期工程建成后，京杭大运河黄河以南航段从东平湖至长江实现全线通航，1000～2000吨级船舶可畅通航行，新增港口吞吐能力1350万吨，成为仅次于长江的第二条“黄金水道”。

在南水北调东线，江苏省境内，结合河道疏浚扩挖，提高了金宝航道、徐洪河等一批河道的通航标准和通航等级；山东省境内，京杭运河韩庄运河段航道已由三级航道提升到二级，南四湖至东平湖段工程调水与航运结合实施后，新增通航里程 62 公里，航道由三级提升到二级，通航能力明显提高，1000 吨级的船只可以直接到达东平湖，使京杭运河通航从济宁市延伸到东平湖，实现了黄河南岸直接通航至长江，区域水运能力大幅提升。

在南水北调中线，湖北省境内，引江济汉工程干渠全长 67.23 公里，一线横贯荆州、荆门、仙桃、潜江四市，使往返荆州和武汉的航程缩短了 200 多公里；兴隆水利枢纽工程及局部航道整治工程，使通航能力从之前的 300～500 吨级船舶，发展到可通行 1000 吨级以上船舶，大大改善了航运条件。

南水北调将持续发挥经济效益，各部门也将认真贯彻十六字治水思路，全面加快推进南水北调后续工程建设，早日构建完善的“四横三纵、南北调配、东西互济”的水资源总体格局，保障我国经济社会发展和国家重大战略实施的能力，充分发挥水资源对经济社会可持续发展战略的支撑作用。

（黄亚男 《中国水利报》 2020 年 10 月 27 日）

南水北调中线工程超额完成年度调水计划

11 月 1 日，南水北调中线工程超额完成水利部下达的 2019—2020 供水年度水量调度计划，向工程沿线河南、河北、北京、天津四省市供水 86.20 亿立方米，达该供水年度水量调度总计划的 117%。

南水北调中线工程水量调度年度为每年 11 月 1 日至次年 10 月 31 日。2019—2020 供水年度，水利部下达的水量调度总计划为 73.48 亿立方米。南水北调中线建管局科学调度，充分利用汛期洪水资源，实际供水 86.20 亿立方米，已超过工程规划的多年平均供水规模 85.4 亿立方米，这标志着工程运行 6 年即达效。

中线工程自 2014 年 12 月 12 日正式通水以来，截至 11 月 1 日已安全平稳运行 2151 天，累计输水 340.53 亿立方米，惠及沿线 24 个大中城市及 130 多个县，直接受益人口超过 6700 万人，极大地缓解了北方水资源短缺状况。

中线工程已由规划的补充水源逐渐成为受水区的主力水源，成为实现我国水资源优化配置、促进经济社会可持续发展、保障和改善民生的重大战略性基础设施。

今年4月29日至6月20日，根据水利部安排部署，南水北调中线工程利用丹江口水库腾库迎汛的有利时机，成功实施首次420立方米每秒加大流量输水，充分发挥工程效益的同时，也对中线工程质量、输水能力、管理水平等进行了一次全面检验，为后续更好发挥工程效益奠定了基础，也为一期工程全线竣工验收提供了重要支撑。

（陈宁 《中国水利报》 2020年11月3日）

《南水北调西线工程规划方案比选论证》通过复审

10月24日，《南水北调西线工程规划方案比选论证》通过了水利部水利水电规划设计总院组织的复审。

南水北调西线工程规划方案比选论证是2018年5月下达的任务书，2020年被列入水利部和黄委重点督导项目。该论证报告由黄河设计院编制。项目开展以来，黄河设计院采取开放的工作方式，联合国内多家权威单位全面开展专题研究和联合攻关，并多次组织现场查勘，于2020年8月全面完成了各项任务，并按要求提交了论证报告。2020年9月21日，水规总院组织了初审。

复审会上，黄委副总工刘晓燕说，《黄河流域生态保护和高质量发展规划纲要》中关于生态环境保护、水资源节约集约利用、经济社会高质量发展、黄河长治久安的重要规划，是南水北调西线工程前期工作论证的重要遵循。审查意见对前一阶段西线工作给予了充分肯定，基本同意推荐的一期工程调水规模作为方案论证基础，明确了下阶段工作重点。这是自2008年以来首次就南水北调西线工程规划方案提出明确意见，为工程加快推进奠定了重要基础。

（王瑞峰 李福生 《中国水利报》 2020年11月3日）

南水北调工程塑造国之重器品牌形象

截至11月1日早上8点，南水北调中线一期工程超额完成水利部下达的2019—2020供水年度水量调度计划，向工程沿线河南、河北、北京、天津四省市供水86.22亿立方米，为年度水量调度总计划的117%。

按照《南水北调工程供用水管理条例》，南水北调中线工程水量调度年度为每年11月1日至次年10月31日。《南水北调工程总体规划》中明确中线一期工程规划多年平均供水量为85.4亿立方米，对应陶岔入渠流量为95亿立方米。2019—2020供水年度，水利部下达中线工程年度水量调度计划及华北地区地下水超采综合治理生态补水计划总计73.48亿立方米，通过科学调度，年度实际供水86.22亿立方米，已超过中线工程规划多年平均供水规模，这标志着工程运行6年即达效。其中，正常供水62.19亿立方米，完成年度水量调度计划的102%；生态供水24.03亿立方米，完成华北地区地下水超采生态补水年度计划的136.8%。

此外，根据水利部的工作安排，2020年4月29日至6月20日，中线工程实施了首次420立方米/秒加大设计流量输水，整个过程历时53天，加大流量输水期间，向沿线39条河流生态补水近10亿立方米，生态效益显著。河南省境内白河、贾鲁河、淇河、安阳河等25条河流水清岸美，成为沿线群众娱乐休闲的好去处。河北省滏阳河、滹沱河、七里河等13条河流保持常流水，缓解了海河流域“有河皆干、有水皆污”的困局，特别是邢台市七里河下游的狗头泉、百泉干涸了18年，今年实现了稳定复涌。生态补水恢复了河道基流，形成有水河段长度超过1200公里，比海河的总长度多了200公里。天津市海河水位升高，城区段河道水质明显改善。开展加大流量输水工作，不仅充分利用汛期洪水资源，为缓解北方受水区用水紧张局面、改善生态环境提供了水源条件，同时全面检验了南水北调中线输水能力及加大流量的运行状况，为今后工程验收及常态化大流量输水运行提供了有力依据。

中线工程快速达效既充分证明了南水北调工程已成为实现我国水资源优化配置、促进经济社会可持续发展、保障和改善民生、推进生态文明建设的重大战略性基础设施，也展现了南水北调工程国之重器的品牌形象，充分检验了工程质量及运行管理水平，为做好“六稳”工作、落实“六保”任务提供了坚实水资源支撑。

南水北调中线工程自 2014 年 12 月 12 日正式通水以来，已安全平稳运行 2151 天，累计输水 340.53 亿立方米，惠及沿线 24 个大中城市及 130 多个县，直接受益人口超过 6700 万人，经济、生态、社会等综合效益发挥显著，极大地缓解了北方水资源短缺状况。

（《中国财经报》 2020 年 11 月 4 日）

讲好一渠清水的故事

——记第二届南水北调公民大讲堂志愿服务项目大赛

如何讲好南水北调故事？如何挖掘鲜活的宣传素材？如何把南水北调声音传得更远？

不久前，第二届南水北调公民大讲堂志愿服务项目大赛暨讲师培训班在石家庄圆满落幕。大赛舞台上，选手们用通俗易懂的语言，融合多媒体形式，将大讲堂宣讲方法诠释得生动有趣，证明这是一种讲好南水北调故事的有效形式。

本次大赛由南水北调中线建管局宣传中心主办，中线建管局河北分局承办，来自全局的 10 个服务项目代表和各管理处公民大讲堂讲师 70 余人参加活动。保定管理处项目获得金奖，航空港区管理处和邓州管理处两个项目获得银奖，来自郑州、霸州、鲁山、荥阳、邯郸、石家庄、易县等 7 个管理处的参赛项目获得铜奖。

提起南水北调公民大讲堂，很多南水北调人都不陌生。许多管理处从 2014 年工程通水起就走出渠道，走进学校社区，走到群众中间进行大讲堂宣讲。也有很多喜爱南水北调事业的群众、学生进入工程参观、学习。如今，南水北调公民大讲堂已走过 5 个年头，100 多名讲师遍布工程沿线的 4 个省市，有他们的地方就有南水北调故事。

用心做　不流于形式

本次活动亮点突出，精彩纷呈。从“讲啥”到“怎么讲”，从“课程设置”到“项目开展情况”，选手们既讲述方法，也传递技巧，并启迪心灵；既发表见解，提出主张，也抒发情感，从内容到形式，从授课方式到授课技巧，分析受众群体，挖掘自身特色，不断寻找亮点与突破口，为观众们呈现了一堂别开生面的大讲堂宣传知识盛宴。

金奖项目分享讲师保定管理处志愿者朱梅，用饱含深情的话语分享了六年间如何陪伴学生成长的故事。她认为大讲堂“爆款”的秘籍是：“每次活动要选择一个鲜活、引人注目的主题，首先要抓时间节点，其次要多与老师、学生沟通。只要用心做，一定会获得意想不到的惊喜。”

银奖项目分享讲师航空港区管理处志愿者杨莉莉表示：大讲堂宣讲要从“我们讲”到“大家参与讲”，从“单方面输出”到“互相学习”，从“走出去”“请进来”到“有所留下”，从“独立的活动”到“系列开展”。

来自邓州管理处的申报项目今年共举办了大讲堂活动 12 次。他们既介绍人工开凿的艰辛，也介绍科技创新的力量；既纪念移民群众的奉献，更讲述调水节水的成就；既演绎水患水害的惨烈，更演绎治水兴水的多彩。

分享探索　讲师培训完美收官

11 月 26 日下午，南水北调公民大讲堂第三期讲师培训班准时开班。中国志愿服务研究中心助理研究员、中国社会科学院社会发展战略研究院助理研究员张书琬老师、水利部宣教中心水情教育处处长邵自平，分别从“新时代文明实践志愿服务体系、管理与实践”“如何更好开展志愿服务活动”等方面授课，为下一步开展南水北调公民大讲堂志愿服务活动指明了方向。

河北分局财务资产处刘四平、河南分局郑州管理处赵鑫海分享了大讲堂宣讲经验。刘四平总结了大讲堂宣讲的四点感受：从事宣讲有热情，成果关键看融合，为学生埋下南水北调的种子，给了大家深深的启发。赵鑫海从“如何讲好一堂课”展开宣讲，为大家带来了满满的干货。

南水北调公民大讲堂一直在路上

南水北调公民大讲堂是依托南水北调工程开展的唯一一个大型节水护水志愿服务项目。南水北调公民大讲堂自开办以来，受到了社会各界的广泛关注，深得广大受众的喜爱，搭建了文化交流、传播和互动的平台。

如今，大讲堂已经成为南水北调宣传品牌项目，今年更荣获了第五届中国青年志愿服务项目大赛金奖。

航空港区管理处负责人马振啸感慨地说："大讲堂不仅是一个交流对话的窗口，还能反哺我们自身的工作，对南水北调宣传工作破除目前的发展瓶颈，寻找解决途径，提供了很好的思路。"

对于如何更进一步办好大讲堂，中线建管局宣传中心主任肖军认为，本次大赛不仅是对这一年沿线大讲堂工作的认可和肯定，更为明年项目策划开展提供了清晰的思路。2021 年，大讲堂应紧紧围绕新时代治水思路，在"精、深、广"上下功夫，继续打造精品讲座，拓宽受众渠道，创新宣传形式，讲好南水北调故事，唱响新时代主旋律，为助力南水北调各项事业发展营造良好的社会舆论氛围。

（李萌　张小俊　周晓霖　《中国水利报》　2020 年 12 月 22 日）

地方媒体报道

南水北调团城湖泵站试行自主运行，泵站未来“智慧”调水

为涵养水资源，南水进入团城湖之后，会通过京密引水渠上的九级泵站爬高 133 米，反向输水至密云水库。北京日报客户端记者今天从市水务局获悉，南水北调团城湖泵站正在开展智慧泵站试运行，通过远程传输、大数据分析实现智能调度、智能运维等。未来，全线 9 座泵站都将变身智慧泵站，形成智慧泵站群，实现科学精准调水。

团城湖管理处相关负责人告诉记者，泵站运行涉及调度、运行维护、水文监测等诸多环节，虽然部分环节实现了机械化、智能化操作，但仍有需要人工调节或操作的环节，而且智能化程度相对分散。如果泵站统一实现全自动、智慧化自主运行，就能够让调水更加科学精准。

目前，工作人员已在团城湖泵站的水文监测、泵站机闸等关键位置安装了智能感知设备。“泵站拥有自己的‘大脑’，感知设备就相当于它的眼睛和四肢，将采集的数据信息远程传送至‘大脑’，‘大脑’自行判断、诊断和决策。”该负责人举例，泵站运行时，每天都需要有工作人员到水边进行水文监测，“水文人员需要测量水位，安装了安置设备之后，这些工作都由传感设备完成，并瞬间将数据传回‘大脑’，大大节省了时间和人力。”

南水通过京密引水渠向密云水库反向输水需要经过九级泵站，线路穿越海淀、昌平、顺义、怀柔、密云五区，总长103公里，经9座泵站连续提升，总扬程133米左右，每年最大可调水5亿立方米。“如果9座泵站都转型成为智慧泵站，那么这条百公里的输水之路将是一个全自动、智能化的运行过程，9个‘大脑’各自分析，又彼此关联，实现精准科学调度。”该负责人说。

今年市水务部门率先启动团城湖泵站的智慧试运行，力争利用几年的时间实现其他8个泵站的转型，让反向输水更加“智慧”，让九级泵站在保障城市供水安全、增加首都水资源战略储备、促进水资源涵养和恢复方面发挥重要作用。

（叶晓彦　《北京日报》　2020年4月20日）

北京南水北调地下供水线将打通最后1.8公里

自2014年南水正式进京，本市地下就已经有了一条沿北五环、东五环、南五环及西四环形成的输水环路，“因为多种原因，这条输水环路一直没有实现真正的闭环，仍有一段地上明渠”。市水务局相关负责人告诉记者，明渠输水容易受到季节、天气等因素影响，比如天气寒冷情况下容易结冰，落叶落在水中容易堵塞隔栅影响流量，“团九”二期工程于2017年7月开始动工建设，目的是要建设一段地下输水通道，让输水环路真正连接成为“闭环”。“封闭输水后，输水保障率和安全性都会提高很多。”负责人说。

“团九”二期工程总长4公里左右，工程起点位于海淀区颐和园与玉泉山之间，紧邻京密引水渠，隧洞从团城湖调节池环线分水口末端取水，终点与团城湖至第九水厂输水工程一期龙背村闸站预留的接口连接。截至2019年，其中的2.2公里已经完工，剩下了最后的1.8公里尚未动工，而这也是难度最大的工程段。

别看只有1.8公里的路程，但施工困难重重。项目部相关负责人告诉记者，“团九”二期工程毗邻颐和园和玉泉山，地质条件复杂、安全风险高、技术难度大，对工程的设计和建设管理要求之高，创多项北京之“最”。这位负责人介绍，本段盾构掘进的过程中将穿越京密引水渠、地铁4号线备用站台、五环路红山口桥、电力隧道、燃气管线、雨污水管线等十几条重要市政设施，每一处都属于特级或一级风险源，容不得半点闪失。

“掘进工程中，盾构机还要顶着一盆水工作，这是以前没遇到过的。”原来，在1.8公里的路程中，有大约700米的长度位于京密引水渠正下方，京密引水渠正在承担重要的供水任务，不具备停水条件，无形中增加了掘进的难度。另外，北京的盾构埋深一般在20至30米之间，而这项工程为了躲避上方的众多风险源，最大埋深增加到42.5米，创造了北京盾构掘进埋深的新纪录，因此盾构机的坑开挖深度也创了北京基坑开挖最大深度，达到为45.3米，相当于从地面向下开挖15层楼。

针对该段区域施工条件复杂等特点，北京市水利规划设计研究院项目组迎难而上，经过实地勘察、比选论证、精心设计，最终确定本段盾构掘进采用泥水平衡式盾构方式，可以更有效地应对复杂的地质条件，确保工程进度和安全。另外，项目组还对每个风险源进行了风险等级的识别，调整注浆方式，减少盾构掘进过程中的阻力，提高掘进速度。

由于难度较大，“团九”二期最后1.8公里掘进速度相对缓慢，预计在2021年10月底完工，届时，北京市南水北调现有供水环路将正式变成地下闭环。

（叶晓彦　《北京日报》　2020年4月23日）

南水北调中线工程首次以设计最大流量输水

5月9日上午8时30分，南水北调中线工程陶岔渠首，清澈的汉江水以420立方米每秒的速度奔涌向北。这是南水北调中线工程首次以设计最大流量输水。以这个流量计算，5秒钟即可充满1个21米×50米、水深1.8米的标准游泳池。

入春以来，丹江口水库上游来水情况较好，随着汛期来临，迫切需要腾库迎汛。从 4 月 29 日开始，国家水利部逐步增大渠首输水流量，整个过程预计持续到 6 月中旬。

以最大流量输水，也是持续开展丹江口水库洪水资源化利用、推进生态补水常态化的需要。2017 年至 2020 年，南水北调中线工程在保证沿线大中城市正常生活用水的前提下，连续 4 年向沿线河湖实施生态补水，累计达 34.92 亿立方米，华北地区地下水资源得到涵养修复。

南水北调中线工程于 2014 年 12 月 12 日通水。6 年来，工程经受了设计标准流量 350 立方米每秒的检验，以及汛期和冰期输水的考验，运行良好。据介绍，大型调水工程达到设计最大输水流量一般需要较长时间，南水北调中线工程在第 6 个调水年度就实现这一目标，是工程质量稳定可靠和效益充分发挥的重要标志。

截至 5 月 9 日，丹江口水库已累计向河南、河北、天津、北京安全输水 290 亿立方米，为沿线 24 座城市提供可靠水源。

（戴文辉　朱江　《湖北日报》　2020 年 5 月 12 日）

南水北调润中原

5 月 15 日，记者从省水利厅了解到，目前，南水北调中线工程正在以每秒 96 立方米的流量对我省实施生态补水，今年已对我省生态补水 2.65 亿立方米。南水北调中线工程正式通水 5 年多来，累计对我省生态补水 18.97 亿立方米，相当于 135 个杭州西湖水量的丹江水流入河川湖库，润泽着中原大地。

据介绍，今年入春以来，丹江口水库来水较好，随着汛期来临，需要腾库迎汛。从 3 月 18 日起，南水北调中线工程分别向我省邓州市刁河、湍河，南阳市潦河、白河、清河，平顶山市澎河、沙河、白龟山水库，许昌市颍河，郑州市沂水河、双洎河、十八里河、贾峪河、贾鲁河、西流湖、索河，焦作市闫河、龙源湖，新乡市峪河、黄水河、香泉河，鹤壁市淇河，安阳市安阳河、汤河等生态补水 2.65 亿立方米。当前全省总补水流量为每秒 96 立方米，日补水量为829万立方米。

我省是水资源严重短缺地区，人多水少、水资源时空分布不均，全省水资源总量不足全国的1.42%，人均水资源量不及全国平均水平的1/5，致使部分河流生态流量被占用。“近年来，全省水利系统精心组织，积极创造补水条件，最大限度争取补水量，水生态得以逐渐修复，水环境得到了明显改善。”省水利厅党组书记刘正才说。

生态补水稳定了受水河流生态流量，沿线城市河湖、湿地水面明显扩大，山水林田湖得到有效涵养，进一步促进了我省森林、湿地、流域、农田、城市五大生态系统建设。同时，为受水区地下水源涵养和压采创造了条件，沿线14座城市地下水位不同程度回升，全省累计压采地下水5.35亿立方米，提前和超额完成了压采目标任务。

通过生态补水，南阳市白河沿线居民普遍反映水质明显改善，水中鱼群清晰可见。今年“五一”前，新野县白河与三里河水系连通工程全面完工，一河碧水吸引来大量游客。生态补水让许昌市中心城区110公里环城河道碧波荡漾，浅层地下水回升3.1米，地下水漏斗区逐步修复。生态补水让焦作市龙源湖湖水变清、变蓝了，湖面上白鹭、天鹅等各种水鸟数量、品种变多，水中鱼蟹随时可见。焦作市大沙河、新河的鱼多了，垂钓的人也随之增多，以前干涸的河道变成了景观河。

清澈透亮的丹江水流进我省城市、乡村河川湖库，水脉流畅、鱼翔浅底，水质明显提升，水环境明显改善，有力地助推着我省百城提质、乡村振兴和美丽河南建设。

（高长岭 《河南日报》 2020年5月16日）

南水北调干线北京段检修完毕
北京市民今起重饮长江水

南水北调干线北京段检修完毕，北京市民今起重饮长江水

6月1日上午，在停水检修7个月后，南水北调中线干线北京段比原定计

划提前一个月恢复输水，北京市民饮用水将从密云水库水源逐步切换成南水北调中线水源。检修后，每天进京南水将由340万立方米增加到400余万立方米。

提前一个月完成检修，缓解一亿立方米水源压力

“干线北京段工程已经安全运行了十余年，为确保工程运行的持续安全，需要对工程做一次全面的体检。”北京市水务局南水北调干线管理处主任张大成说，干线北京段工程2008年9月正式通水运行，承担北京应急供水的任务；2014年12月南水北调中线工程全线贯通后，承担江水进京任务，调水超52亿立方米。

干线北京段工程原计划于2019年11月1日到2020年6月30日进行停水检修，最终提前一个月，于今年5月30日完成检修任务。“提前一个月，为北京市增加一亿多立方米水源，相应也给密云水库减少了用水压力。”张大成说。

据介绍，检修主要对工程的主体结构、水机设备、金属结构、电气及自动化设备、附属设施进行检查，此外还进行了淤泥清理工作。

“疫情期间为保证完成检修任务，我们采用点对点专车运输等方式，根据施工计划安排人员进场，很多管理、施工人员留守现场，至今未回过家。”张大成说。

检修后以每秒50立方米的流量为北京供水

南水北调中线干线北京段工程按照每年可接纳10.5亿立方米调水规模兴建，起自房山区北拒马河，经房山区、穿永定河，过丰台区，沿西四环路北上，至海淀区颐和园团城湖，全长80公里，包括56.4公里双排PCCP（预应力钢筒混凝土管）、22.7公里双孔暗涵和880米明渠。

张大成介绍，工程主体完成检修后，提高了PCCP段工程加大流量输水的安全性，根据北京段总体验收要求，促进工程达到设计流量，实现加大流量（每秒60立方米）联合调度。检修后，工程将实现每秒50立方米的流量持续向北京供水，提升了供水保障能力。

据悉，南水北调进京水质始终稳定在地表水环境质量标准Ⅱ类以上，近七成南水流向京城千家万户，直接受益人口超过1200万。张大成介绍，此次恢复供水后，一方面应对即将进入的城市用水高峰，另一方面用于补充密云水库和地下水。

（马瑾倩　郑新洽　《新京报》　2020年6月1日）

南水北调首次研发可溯源计量装置，实现千分级精准计量

目前正值夏季用水高峰，输水管线的计量是否精准，决定着一个城市用水管理的精细化程度。记者今天从北京市南水北调南干渠管理处获悉，可溯源计量装置和流量计现场校准技术方法已研发成功，并试点应用于南水北调南干渠和大兴支线工程。

“南水北调水进京后，大部分采用地下大口径管涵输水。输水管线上下游采用同样的流量计量设备，中间没有汇入和流出，水量数据却相差较大，其实主要是计量误差造成的。”南干渠管理处副主任杨卓告诉记者，目前，我国大口径管涵流量监测主要采用超声波时差法流量计，但流量计的精确计量除了和流量计本身有关外，还会受到安装位置、管道形状大小、上下游环境、安装技术水平等综合影响。因此，单一依靠流量计的数值进行输水管涵的水量判定总会遇到计量差异问题。

杨卓举例，假如一根直径1米的输水管道内壁结了2毫米水垢，按照每秒1米流速的状态供水，如果不加以修正，1年的计量误差是19.8万方水，按照每立方米3.07元的自来水供水水费标准，1年时间内因为2毫米水垢带来的计量误差折算成的费用是60.8万元。由此可见，定期的流量计校准非常重要，一个几乎可忽略的微量的测量误差所产生的蝴蝶效应，将演变成巨大影响。

为解决大口径管涵输水精确水量计量这个行业难题，杨卓带领南干渠管理处的技术人员，结合当前国内外最新研究成果和实流校准的工作经验，以

南水北调南干渠工程和大兴支线工程为试点开展水量精准计量问题研究，提出了建设现场可溯源的计量装置和解决现有流量计现场校准的技术方法，让大口径管涵输水实现个性化“千分级”精准计量成为可能。

杨卓和技术人员首先在南干渠上段3.4米的大口径管线上试点。通过数月的模型试验和反复研究，最终确定了一套高精度水量计量方案。

“方案包括高精度流量计的定制、高精度几何参数精测、结合CFD三维流场模拟的个性化流量计算模型。这个个性化定制的计量解决方案能够使大口径输水的流量监测真正达到千分级精度，即误差控制在1%以内。”杨卓说。

目前，被称为“南水进京第二通道”的大兴支线北京段已完成施工，杨卓和同事们又到大兴支线的泵站，对其上下游的两套流量计进行校准，对流量计安装精度带来的系统误差进行了评价和消除。这次的“望闻问切”，为大兴支线顺利投入使用提供了技术保障。

（叶晓彦　张璟宇　《北京日报》　2020年7月22日）

南水北调中线工程有多厉害？清华大学的这项研究结果让人吃惊

5年，输水52亿立方米，这是南水北调中线工程对北京的直接补水量，这一工程对北京地下水位恢复有何影响？近日，清华大学水利系师生在国际著名期刊《自然—通讯》发文证实，南水北调中线输水置换地下水开采对地下水恢复的贡献为40%，科学模型还预测，未来10年，北京地下水位将进一步回升。

北京每年人均水资源量小于100立方米，仅为全国平均的十二分之一，全球平均的八十分之一。为满足城市的大量用水需求，地下水被过度开采，地下水埋深从2000年的15米下降到2014年的26米，由此造成城市用水短缺、地面沉降加剧等问题，制约了北京乃至京津冀地区的农业和社会经济可持续发展。

为有效缓解我国北方的用水短缺问题，我国从 2002 年起开始实施南水北调工程，分东、中、西线从长江向北方计划每年调水 448 亿立方米。其中，南水北调中线一期工程规划每年向华北调水 95 亿立方米，自 2014 年 12 月开始向华北和北京输水，至 2019 年 12 月的 5 年间已向北京输水 52 亿立方米，北京地下水位从 2014 年底的 25.7 米回升至 2019 年底的 22.7 米，平均每年恢复 0.6 米。

南水北调中线工程对缓解北京地下水超采到底发挥了什么样的作用？除了南水北调中线输水之外，还有没有其他因素促进地下水的恢复？这种恢复是否可持续？未来北京地下水储量将如何演变？回答这一系列问题，对了解特大型水利工程的重要作用、全面评价水利工程的社会经济效益和生态环境影响具有至关重要的意义。

清华大学水利系研究员龙笛、博士生杨文婷、教授赵建世及合作者对上述问题开展了多年系统性的研究。通过分析大量水文、气象和用水数据，尤其是南水北调中线输水进京之后的相关数据，结合所搭建的考虑人类用水对地表和地下水影响的高分辨率水文模型，研究团队探明了南水北调中线输水、农业灌溉用水减少、气候波动等因素对地下水恢复的贡献。

研究结果表明，南水北调中线输水置换地下水开采对地下水恢复的贡献为 40%，由于农业灌溉效率提高等因素导致的灌溉用水减少对地下水恢复的贡献为 30%，降水自 2008 年以来相对于 1999 年至 2007 持续干旱时段的增加，对地下水稳定和恢复的贡献为 30%。

该研究基于所搭建的高分辨率水文模型，并结合区域气候模型模拟的气象驱动数据，对未来十年（2021 年至 2030 年）不同气候和用水情景下的北京地下水储量进行了预测。结果表明：北京地下水位将进一步回升，回升的程度与具体的用水量和气候波动相关。如果 2019 年至 2030 年的地下水开采量维持在 2018 年每年 17 亿立方米的水平，且多年平均降水量保持在 2000 年至 2018 年平均水平，即每年 540 毫米，北京地下水储量有可能在 2030 年恢复至 2003 年的水平，即地下水埋深恢复至约 18 米；如果对地下水的开采量进一步减少到每年 15 亿立方米，且多年平均降水量在 2008 年至 2018 年平均水平，即每年 580 毫米，北京地下水储量有可能在 2030 年恢复至 20 世纪 90 年代的水平，即地下水埋深约 10 米。

相关成果已于 7 月 21 日在国际著名期刊《自然—通讯》发表，题为《南水北调使北京地下水位稳定》，这也是我国水文水资源领域近年来在《自然》子刊发表的为数不多的研究。

（任敏 《北京日报》 2020 年 8 月 3 日）

CT 微创都上阵！北京对南水北调输水管线带水精细校准

大口径输水管线的流量每天数万立方米，在不停水的情况下为管壁打孔并进行流量校准，这看似是不可能完成的任务，却在郭公庄分水口的管线上真实发生。记者 8 月 23 日从北京市南水北调南干渠管理处获悉，北京市首个在大口径输水管线采用斜开孔工艺带水校准实验正在进行，输水管线计量将更加精准，未来有望将该技术向其他大口径管线推广。

记者走进位于南五环外的郭公庄分水口，检修间内，水声隆隆，两根直径 1.6 米的大口径输水管线正在不间断工作，厚厚管壁中的水来自南干渠，从这里进入郭公庄水厂，再流向千家万户。

“每根管线都有自己的流量计，用来计量管线内水体的流量。”南干渠管理处副主任杨卓告诉记者，自 2014 年南水进京郭公庄水厂启动运行之后，郭公庄分水口输水管线的计量就一直由四台电磁流量计完成。

杨卓带着记者走到一截蓝色的管线旁边，“这个蓝色的大圈就是电磁流量计，为了保证计量准确，按照要求要定期校准。”杨卓说，为流量计校准时，需要停水拆除这个大装置，运送到外地专门的检测机构进行校准，不仅周期长，还会影响供水。“更麻烦的是，完成校准安装回原处之后，还有可能因为现场工作场景和实验室环境的不同达不到校准的目的。”输水管线的计量是否精准，决定着一个城市用水管理的精细化程度。

为此，杨卓带领团队开展研发，设计出一套安装在管线上的流量校准装置，可以在确保不停水的情况下，对电磁流量计进行实时校准。杨卓介绍，整个装置基于超声波时差原理。首先，他们选取了电磁流量计旁的一段管线，用专用工具在管壁分别打出 16 个孔，相当于用微创手术的方式给管线打了 16

个洞。“每个孔会塞上一个钛合金塞子，因为在之后的超声波测量时，钛合金塞子既能保证管道中的水不会泄漏，同时钛合金材质几乎不会阻碍信号的传输。”

杨卓说，每一个孔的位置和角度都是经过设计和计算的，打好孔、装上专用传感探头之后，超声波会射入水流之间，相当于16条超声波组成一个闭环，为管线内部做了一个“CT”检查。数据建立三维模型，用于测量水流速度等信息，以便综合各方面的数据，最终计算出流量，辅助工作人员对电磁流量计进行校准。

“过去单纯使用电磁流量计相当于给管线‘号脉’，但是现在用上了CT、微创等西医的治疗方法，就更加精准了。”杨卓说，最重要的是，这样的带水实测校准的方法对居民用水的影响几乎为零。

杨卓告诉记者，目前郭公庄分水口的带水校准实验仍在进行当中，预计下周可以启动超声波探测阶段。这种技术适用于大口径金属材质的输水管线，未来有望在本市其他大口径金属输水管线进行推广。

（《北京日报》 2020年8月23日）

北京市南水北调工程调江水入京水量达到56亿立方米

记者今日（8月27日）从北京市水务局获悉，截至2020年8月26日23时11分，北京市南水北调工程调江水入京水量达到56亿立方米。56亿立方米水量中，向水厂供水37.04亿立方米（喝），水库水源地存14.27亿立方米（存），替代密云水库向城市河湖等补水4.69亿立方米（补）。

据悉，目前南水北调工程七成水已用于北京居民生活用水。截至目前，南水北调工程调度运行平稳安全。

（应悦 《新京报》 2020年8月27日）

智慧中线，保障南水安全北送

——信息化建设助力南水北调总干渠平稳输水

南水北调中线工程通水以来，发挥了显著的社会、经济和生态效益，为京津冀协同发展、雄安新区规划建设等国家重大战略实施提供了可靠的水资源支撑。

中线干线工程全长1432公里，工程沿线设有64座节制闸，97座分水口门，需要沿线数千名工作人员日常工作协调一致，才能更好地保障通水安全。近年来，南水北调中线建管局加强信息化建设，全面推进“智慧中线”项目，运用大数据、物联网等科技手段保障了一江碧水安全北送。

巡查数字化

采用工作流引擎、机器学习等先进技术，实现了巡检有计划、过程有监督、事后有分析、处理可追踪

近日，南水北调中线建管局河北分局在邯郸管理处沁河节制闸举办了以“智慧中线，安全调水”为主题的开放日活动。

在活动现场，通过工程巡查维护系统，记者清晰地看到，50多名工作人员分布在邯郸管理处管理的21公里渠道上，正在从事各自工作。

南水北调中线建管局河北分局有关负责人介绍，河北分局管理工程长382公里，沿线建有各类建筑物725座，节制闸、退水闸、分水口门众多。运行管理工作如何实现人员可管、过程可控、问题可查，是中线工程通水后一直面临的问题。

近年来，南水北调中线建管局启用了工程巡查维护系统。该系统采用IT技术、移动技术、GIS技术、工作流引擎、机器学习等先进技术，贯穿发现问题—问题上报—受理—处理—消缺整个过程，实现了巡检有计划、过程有监督、事后有分析、处理可追踪。

邯郸管理处调度科的张才杰真切感受到，工程巡查App系统上线后，“真正知道了自己该干什么、如何干、干到什么程度、发现了问题怎么办，因为中线工程自动化、通信、网络、机电（金结）、电力和消防6大专业的管理

标准、工作标准和技术标准，与工程巡查 App 系统深度对接，工作流程简化，工作效率大大提高了。”

据了解，工程巡查维护系统目前注册用户近 5000 人，是南水北调中线建管局注册用户最多、使用范围最广、应用频率最高的信息化系统，从根本上改进了工程巡查维护管理手段，强化了管理效果。

中线一张图
把工程信息、专题业务信息、实时运行信息等各类信息浓缩进“一张图”，为业务和决策提供全面数据支撑

南水北调中线工程自 2014 年 12 月 12 日正式通水以来，供水量持续增长，水质稳定达标，已经成为沿线城市供水的生命线。

江水千里北上，离不开自动化调度系统。自动化调度系统涵盖闸站监控系统、日常调度管理系统、水质监测系统、安全监测系统、视频监控系统和大屏显示系统等多专业子系统，实现了自动化输水调度决策、视频全覆盖监视、防汛统一管理等各项功能。

闸站监控系统能够自动采集水位、流量、闸门开关等调度信息，实现节制闸、分水闸、退水闸等闸门的远程控制。中线水量调度系统可以对全线水情进行分析决策，提供全线整体和重点渠段调度建议，同时可初步实现正常输水工况下调度指令的自动生成。

在防汛工作中，借助自动化可视化技术，中线工程总调度中心可以实时、全景掌握现场汛情，为调度运行提供辅助。水质实验室监测能力达 123 项指标，涵盖地表水环境质量标准 109 项全指标；水质自动监测站监测 89 项指标，达国内一流水平。水质监测系统依靠输水干渠布设的多个固定监测站、自动监测站和移动实验室，实时在线监测水质变化。

在中线工程 1432 公里长的渠道上，每隔 500 米至 1000 米范围内就有一个摄像头日夜守望。各级调度机构值班人员身在值班室，就可通过摄像头远程监控工程一线现场情况，同时利用全线布设的 8 万余个安全监测点，实时监测工程运行数据，保护渠道工程安全。

南水北调中线信息科技公司苗志强介绍，“中线一张图”时空信息服务平台是将工程信息、专题业务信息、实时运行信息、BIM 信息、基础空间信息、

遥感及无人机实景信息浓缩进“一张图”，为业务和决策提供全面数据支撑。

在沁河节制闸，记者体验了视频智能分析系统针对水位尺数据读取、人员入侵检测、火情检测、控制柜指示灯状态检测等多种场景，了解了如何实现对视频图像的自动研判和上传告警。苗志强说，物联网应用系统可实时监测全线设备运行环境，实时监控渠道人员进出以保证安全。

此外，依据中线天气 App 系统，还可以分析降雨时段、降雨强度、雨情走势和影响范围，提前做出判断，为发出预警通知提供科学决策依据。

过去，防汛应急队伍管理是个难题。通过防洪管理 App 系统，每一位工作人员都能随时掌握抢险物资和人员情况、每个仓库和备料点的物资储备情况，数量多少精确到个位，物资设备的规格、型号应有尽有。抢险物资实现扫二维码出入库，实时动态更新，相邻管理处、分局之间还可以相互调配。此外，卫星遥感探测技术、北斗自动化变形监测系统、水下机器人探测技术等项目已经进入试点应用阶段。

打造新样板
将构建人、物、IT 和信息互联互通互用，实现调度和管理双轮驱动的创新发展模式

南水北调中线工程调水线路长、规模大、沿线暂无调蓄设施，运行工况复杂。为确保输水安全，中线工程按照“统一调度、集中控制、分级管理”原则，采用三级管理模式，由总调度中心统一指挥各分调度中心和现地管理处的中控室开展通水调度。

“统一调度”是指总调度中心根据供水计划和全线的水情、工情，统一制定和下达调度指令。“集中控制”是指总调度中心利用自动化闸站监控系统集中远程控制闸门。“分级管理”是指各级调度机构按照自身职责分工开展输水调度工作。

以办公信息化为核心的运行管理体系保证了三级管理模式的高效运行。疫情期间，中线建管局还在 OA 办公系统中开发了疫情上报及监控系统和 OA 视频会议系统，为防控疫情提供了重要保障。

信息化代表了未来水利工程运行管理发展的方向。南水北调中线建管局先后建成了以控制专网为核心的基础保障体系、以输水调度为核心的自动化

调度体系、以办公信息化为核心的运行管理体系，提升了工程管理现代化水平，保障了千里长渠安全平稳输水。

据介绍，南水北调中线工程将继续全力做好信息化建设，将信息化落实到运行管理的各个环节，以科技创新为跨流域、长距离调水管理插上现代化翅膀，让输水更安全、更稳定、更放心。

南水北调中线建管局正在全面推进“智慧中线”总体发展战略，规划建设国家水文水资源（南水北调）监管中心，打造中国水利云数据中心，以数据湖、物联网、传输网、孪生中心、规则中心、分析中心和智慧运营中心、视频分析平台、融合指挥平台、物联网平台、统一服务平台为支撑，构建起人、物、IT 和信息的互联互通互用，实现调度和管理双轮驱动的创新发展模式，打造一个世界级智慧化调度工程的管理样板。

（马彦铭 《河北日报》 2020 年 11 月 6 日）

南水北调通联系统
好新闻获奖作品

一等奖

中线一期工程安全运行 2000 天累计调水 300 亿立方米

——工程沿线超 6000 万人受益　工程质量和运行管理经受住考验

截至 6 月 3 日，南水北调中线工程已不间断安全运行 2000 天，累计调水量突破 300 亿立方米，工程沿线省份 6000 多万人直接受益，为沿线省份扎实做好“六稳”工作，全面落实“六保”任务提供了优质水资源保障。

中线工程自 2014 年 12 月 12 日全面通水以来，经历了设计标准流量 350 立方米每秒以及汛期、冰期输水的检验，特别是今年 5 月 9 日以来，首次实施设计加大流量 420 立方米每秒持续输水，工程质量和运行管理经受住了重大考验。中线工程已成为惠及河南、河北、天津、北京四省市 6000 多万居民的重要水源，是沿线城市供水新的生命线，有效保障了受水区复工复产用水需求。同时，有效改善了补水地区水生态环境，人民群众获得感、幸福感和安全感显著增强。

水质好：喝好水奔小康

6 月 3 日，南水北调中线总干渠淇县三里屯分水口门 120 公里外，河南省濮阳市清丰县固城乡刘张庄村 52 岁的姜英霞早早起来，打开水龙头，接满一锅水，为 3 岁的小孙女熬上最爱喝的小米粥。受益于“丹江水润清丰”城乡供水一体化工程，清丰全县群众 72 万人喝上了南水。和城里人一样，享受到“同水源、同管网、同水质、同管理、同经营、同服务”的姜英霞是沿线 6000 万受益群众的一个缩影。

喝上好水是全面建成小康社会的重要衡量指标之一。随着中线工程沿线省市大力推进城乡供水一体化，农村农民饮用南水成为新的时尚。55 岁的石运章家住邯郸市曲周县曲周镇小河道村，借助城乡供水一体化和农村饮水安全工程，喝上南水的他十分满足：“下地干活回来可以美美洗个太阳能热水澡，卫生间里安上了冲水马桶，自己过去饱受苦咸水的经历在孩子这一代身上不会重演了。”

中线工程通水五年多来，丹江口水库和中线干线供水水质稳定在Ⅱ类标准及以上。河北省黑龙港流域500多万人告别了饮用高氟水、苦咸水的历史，工程沿线群众饮水质量显著改善。

水量多：河清岸绿百花香

300亿立方米南水里，有40亿立方米为生态水。

南水不仅改善修复了受水区水生态环境，增加了受水区生产生活供水量，还大大缓解了城市生产生活用水挤占农业用水、超采地下水的局面。

安阳河是安阳的母亲河，近年来，河水污染严重，母亲河成了一条排污沟。通过南水北调生态补水，安阳河水逐渐变得清了起来。在安阳河河岸公园，人们三三两两，散步、游泳、钓鱼，“我从小就住在安阳河附近，安阳河这几年的变化都看在眼里。现在，我每天一有空就到这里玩儿。”家住安阳河附近的居民蒲女士说。

促进生态文明建设是南水北调工程新的历史使命。自2017年起，中线工程已连续4年利用丹江口水库汛期弃水及供水计划内水量，向沿线受水区多条河道生态补水，累计补水近40亿立方米。沿线受水区通过水资源置换，压采地下水，促进了区域地下水水位的明显回升。

中线工程还带动了沿线生态带的建设。目前，中线工程沿线形成了一条1200多公里长、几十米至数百米宽的生态景观带。焦作市利用穿城而过的中线工程总干渠，在两侧修建了10多公里长的带状生态公园，起名天河公园。石家庄、郑州、邢台等城市，也相继在总干渠两侧建设了生态公园，既美化了百姓的生活，也保护了总干渠水质。

水安全：如履薄冰护健康

中线工程安全运行2000天，南水北调人以水滴石穿的耐心，如履薄冰，确保运行安全，从根本上改变了受水区供水格局，南水北调中线工程从原规划的补充水源逐步成为沿线城市生活用水的主力水源。

中线工程带动了沿线地区产业结构调整和优化升级。通水五年多来，北京、天津、石家庄等城市基本摆脱缺水局面，有力保障了京津冀协同发展、雄安新区建设等重大国家战略的实施。

作为沿线 20 多座大中城市 100 多个县市的生命线，中线工程更是企业复工复产的重要保障。在新冠肺炎疫情防控期间，中线建管局精准调度，科学应对，展现出高效的应急管理能力，分布在沿线各个岗位上的南水北调人忙而不乱，充分利用现代信息化建设成果，初步具备了现地管理处所有人员独自查出管理范围内所有问题的能力。人人都是“多面手”，把思想和行动深深融入到保障输水安全的工作中，保障了沿线 6000 万受水区群众的用水安全。

（许安强　中线建管局宣传中心）

南水联袂密云水库　擦亮首都水名片

9 月 8 日，密云水库，正是初秋时节。站在坝顶极目远眺，远山如黛、水天一色。

当天，水库蓄水量 23.51 亿立方米，水位 147.41 米。

要是在 2004 年，这是想都不敢想的事儿。那一年，是密云水库建库以来最“干渴”的一年，蓄水量仅有 6.5 亿立方米。那一年，北京的水资源，也到了最紧缺的关键时期。

9 月 1 日在密云水库建成 60 周年之际，习近平总书记给建设和守护密云水库的乡亲们回信中写道，“我一直惦念着密云水库。当年修建密云水库是为了防洪防涝，现在它作为北京重要的地表饮用水源地、水资源战略储备基地，已成为无价之宝。”

习近平总书记要求，要深入贯彻生态文明思想，把生态文明建设作为战略性任务来抓，坚持生态优先、绿色发展，加强生态涵养区建设，健全生态补偿机制，共同守护好祖国的绿水青山。

让我们细数南水与密云水库的“亲密接触”。

南水入库添“活力”

密云水库 1958 年 9 月动工兴建，1959 年 9 月拦洪，1960 年 9 月建成投入运行。

密云水库兴建之初，除了防洪减灾，还承担着缓解当时京津冀用水紧张局面的重任。

“水库当时担负北京东郊工业区和燕山石油化工总公司、天津城市用水，北京潮白河灌区以及河北省廊坊地区部分农业用水的任务。”北京市密云水库管理处防汛办公室常务副主任张丽娟介绍。

随着城市的快速发展，人口不断增加，工业发展也进入快车道，水资源供需矛盾日益凸显。1982 年起密云水库停止向津冀供水，逐步转为主要担负向北京城市生活供水的重任。京城曾经流传着这样一个说法：“北京城里三杯水中，有两杯来自密云水库。”密云水库被称作北京的“大水缸”。

1999 年前，华北地区总体处于丰水期。尤其是 1994 年，密云水库入库水量非常充沛，创下 153.98 米的最高水位、33.58 亿立方米蓄水量的纪录，这一数据至今仍镌刻在纪念碑石上。

张丽娟回忆，1999 年后，北京地区遭遇持续多年干旱，密云水库上游来水日趋减少，加上经济社会快速发展，密云水库来水入不敷出，水资源供需矛盾十分突出，缺水成为北京城市发展的“短板”。

直到 2014 年，南水北调中线工程正式通水。如约而至的南水，让北京城的城市居民用水“松了口气”。按照“优水优用”的原则，北京坚持多用南水，少用密云水库水。北京市第九水厂、通州水厂、郭公庄水厂等自来水厂用上了南水。南水逐渐替代密云水库北京城市供水的功能，发挥出主力水源的作用，密云水库得以休养生息。

密云水库减少出库水量。目前，密云水库日均出库保持 10 万立方米的最低热备状态，五年来累计减少出库水量超过 20 亿立方米。同时，水库坚持多存蓄南水。2015 年 9 月 11 日，南水北调调蓄工程正式开始向密云水库反向输水。截至目前，南水已为密云水库输水 5.2 亿立方米。

“水库蓄水量连续突破整亿关口，”张丽娟介绍，从 2016 年年初的 10 亿立方米，增至年底的 16 亿立方米，2017 年突破 20 亿立方米，2018 年达到 25

亿立方米。特别是 2019 年 10 月，密云水库蓄水量升至 26.8 亿立方米，创 1999 年以来最高值。

密云水库现在已经成为京津冀水源涵养功能区的重要组成部分，是北京重要的地表饮用水源地、水资源战略储备基地，在保障京津冀水源安全特别是首都饮用水安全方面起着关键性枢纽作用。

重塑北京水格局

南水北调中线工程通水五年来，超过 56.22 亿立方米的南水抵达北京，极大缓解了北京水资源紧张的情况，也悄然地改变了北京市水资源格局。

北京市水资源调度中心副主任王俊文介绍："南水进京后，北京市形成地表水、地下水、外调水、再生水多水源保障供水格局。"

从千里之外奔涌而至的南水，先从房山北拒马河渠道进入惠南庄泵站，然后经过 PCCP 管道推送至永定河以西的大宁调压池。稳压后，两路分流：一路穿永定河倒虹吸工程，过丰台，沿西四环暗涵北上，至团城湖调节池，其中一部分再沿京密引水渠奔流 103 公里，经过 9 级泵站加压，"爬高" 100 多米，注入密云水库；另一路向东进入南干渠和东干渠，最终形成以西四环，北、东、南五环为环带的供水环路系统。

进京的 56.22 亿立方米南水，其中水厂"喝"水 37.20 亿立方米，占进京总水量的 66%；"存"蓄水库 6.90 亿立方米，"存"蓄怀柔应急备用水源地和潮白河水源地等 5.40 亿立方米，共占进京总水量的 22%；向城市河湖生态环境回"补" 6.72 亿立方米，占进京总水量的 12%……王俊文的介绍如数家珍。

数据显示，北京是资源性缺水的特大城市，多年平均降雨量 585 毫米，多年平均水资源量 37.4 亿立方米，南水进京后，北京人均水资源量由 2014 年的 94 立方米提高至 164 立方米。

随着蓄水量的逐步增加，密云水库也逐渐转型成为城市战略储备水源。2015 年至 2018 年南水入库以来，密云水库累计供水 10.2 亿立方米，年平均供水 2.1 亿立方米，比 1960 年至 2014 年多年平均供水量减少 72%。

同时，密云水库还承担起南水调蓄的重任。南水北调中线干线工程正常供水时，可存水入库，一旦出现检修等情况，密云水库可以接力保证北京城区供水。

2019 年 11 月至 2020 年 6 月，中线干线北京段工程开展了为期 7 个月的“体检”，密云水库临时担负起向北京供水的重任，历时 219 天，累计向北京城市供水 5.82 亿立方米。“这次调水也是对北京市多水源联合调度的一种考验，发挥了密云水库在北京水资源保障中‘养兵千日，用兵一时’的作用，也证明了密云水库具有‘来之能战、战之能胜’的能力。”王俊文表示。

打造生态新地标

南水与密云水库为北京带来的变化不只体现在“地表”，还体现在“地下”。

王俊文对北京市地下水情况逐年进行了梳理，“从 2014 年到 2016 年，这两年地下水下降减慢，下降速度减缓。从 2016 年到 2018 年，在地下水下降趋势减缓的基础上，部分地下水水位出现回升。从 2018 年到今年，整体出现了缓慢上升的情况。”充分利用南水北调水、有计划地关停自备井、大幅压采地下水，可以说南水的到来对北京平原区地下水回升起到了不可或缺的作用。

从全市整体来看，南水进京五年来，全市地下水水位正在由缓慢下降变为止降缓升，南水的有效利用大大促进了地下水涵养。2014 年末全市平原区地下水埋深平均水位 25.66 米，2020 年 8 月底平原区地下水埋深平均水位 22.71 米，累计回升 3.12 米。

当然，密云的水环境也不落人后。自南水进京密云水库调蓄工程启动后，北京市有针对性地对密怀顺水源地进行适时回补，累计补水 4.20 亿立方米，有效遏制了该地区地下水位持续下降。潮白河回补区与补水前的地下水位相比，回补效果显著，地下水位平均回升 16.03 米，最大回升 26.25 米，影响范围 16.2 平方公里。

北京市水务局还通过密云水库向潮白河补水，累计补水 1.11 亿立方米，改善了自 1999 年潮白河断流后的生态环境。密云平原区地下水平均埋深由 2017 年末的 31.18 米提高至 2019 年末的 24.44 米，地下水平均埋深回升 6.74 米。

水环境改善的底气源于密云水库流域内各级政府长期以来对水源的大力保护。北京市密云水库管理处水政科科长梁勇介绍，为了更好地保护密云水库水质，按照山水林田湖草系统治理思路，在库区 155 米高程以下，国有土地范围内 10.4 万亩“押宝地”全部退出耕种，94 个库中岛原有的生产经营承包户全部退出库区。

密云水库构建起 2.85 万亩水生、湿生、陆生植物相结合的生态保护带，还开创了采用生物工程技术保护水源的先河。水库周边 20 万亩大田玉米防虫用赤眼蜂防治，灭虫护林靠放飞灰喜鹊来完成。通过各种举措确保“清水下山、净水入库”始终如一。

水丰、景美，密云水库的过境候鸟也多了起来。每年春季，冰雪消融之时，大天鹅、小天鹅、白鹭、苍鹭、鸬鹚等上万只候鸟陆续从南方赶来密云水库，这里成了“鸟的天堂”。

以水为媒，凝聚才有力量。如今，密云已开始谋划首都生态涵养区高质量发展的路线图。

把目光从密云水库移向不远处的鸳鸯湖水库。在司马台长城脚下的那个小镇——古北水镇，2020 年“五一”期间，营业收入超过了浙江乌镇，乡村旅游人均消费保持全市第一。

为推动库区农民顺利转产、转岗、转业，密云区政府还出资扶持库区农民。养蜂、露地菜田、现代高效果园、果品安全生产基地等 7 类占地面积小、科技含量高、污染少的特色农业项目已然在这里落户。作为北京市养蜂第一大区，密云把散落在区内的各类蜂产业、蜂产品，打造成“蜂盛蜜匀”品牌，蜂产业发展高峰论坛、高于国标的地方蜂产品标准，都为这一蜂产品基地增色不少。

9 月 1 日，密云区还携手怀柔区、延庆区以及河北省承德市、张家口市，共同签署保水合作协议，组成“保水共同体”，共护一盆净水，同担一份责任。

一衣带水，源远流长。南水携手密云水库，正逐步擦亮首都北京这张水名片。

（闫智凯　中线建管局宣传中心）

一对鸳鸯水上漂

在南水北调中线工程方城段渠道一线，有一对年轻的“小两口”。妻子党小佳负责工程巡查，丈夫王江沧负责安保机动巡逻。

1月21日，小寒时节，南阳方城最低气温跌破冰点，薄霜让原野仿佛披上一层白纱。走进渠道，水面雾气袅袅，宛如仙境。在方城段马岗跨渠公路桥，徒步巡查的党小佳迎面走来。

党小佳今年29岁，2018年9月加入工程巡查队伍。现在，她和另一位同事负责巡查6.669公里长的第四工区，包括1座闸站、1座退水闸、8座跨渠桥梁和4个左排建筑物。

一天巡查一遍责任区。听起来简单，但做起并没那么容易。首先要过身体关。刚开始，巡查一天下来，党小佳腰酸、腿疼，一个月身体才逐渐恢复。现在她已经轻车熟路，每天巡查步数在2.7万步以上，总能在朋友圈霸屏。其次要过业务关。巡查衬砌板、排水沟、截流沟、隔离网有无问题，查看跨渠桥头钢大门、倒虹吸、左排等重点部位有无异常等。虽然每天重复同样的内容，但考验着对工作的一份认真态度。

为何来到南水北调工作？党小佳说：“南水北调工程从咱村庄附近穿过，在家门口上班，不仅能够照顾两个孩子，而且还是件挺自豪的事。”虽说在家门口上班，但骑电车也得30多分钟路程。夫妻俩相互分工：早上，爸爸开车送孩子们到学校。下午，妈妈负责骑车接回。“每天像打仗似的，因为时间很紧张。”如今，每天从早到晚忙个不停，这已经成为夫妻俩的常态。

一年多来，党小佳和工程巡查的同事风雨兼程，既当工程巡查员，又当现场安全员，用心守护工程的安全平稳运行。2019年10月的一天，她在清河闸站左岸巡查时，发现一截隔离网因农民耕地时不注意，划破了一条3米长的口子，存在安全隐患。她随即上传问题，并电话报告管理处，一直耐心等到维护人员赶到现场处理后，才和同事继续往下巡查。

2019年3月17日，党小佳和同事巡查到刘彦庄桥桥头时，发现有一个女子欲跳渠轻生。紧急关头，她和同事三下五除二把轻生的女子救下，劝慰开导，安抚情绪，并报告管理处妥善处置。由于及时发现，果断施救，因此避免了一起悲剧发生，她也受到了管理处的表扬。

在和党小佳交谈的过程中，王江沧巡逻过来。“虽然我俩人都在渠道上工

作，由于分工不同，碰面机会很少，有时偶尔碰见了，也只是隔着车窗望一眼，匆匆而过，互不影响工作。”党小佳说道。

王江沧身材高大，今年 33 岁，在方城段负责安保巡逻。王江沧每天要沿着渠道巡逻，防范破坏隔离网、违规入渠等行为，配合管理处检查入渠作业人员及车辆。

在外人眼里，驾车巡逻是件美差，在他看来却十分操心。他们一天巡逻 3 次，每天巡逻长达 10 个小时，如果在特殊时期，加密巡逻频次，后夜 2 点到 6 点也会在巡逻的路上。

2017 年 3 月的一天，王江沧巡逻到江东庄桥时，发现一对情侣因发生争执，年轻男子冲动之下翻越隔离网入渠，欲跳渠轻生。见此情况，王江沧眼疾手快，三步并做两步，冲了上去，凭着高大身躯，迅速制止了男子跳渠行为。并对其苦口婆心劝解，做思想教育和疏导工作。像类似的事情，他处置了多起，包括违规跨渠施工、破坏隔离网等行为。

与其被动守安全，不如主动开展安全宣传。这几年，王江沧和同事深入沿线村庄、学校，开展安全宣传活动，向群众宣传《南水北调供用水管理条例》，向学生们宣传安全防溺水知识，增强大家的守法意识和安全意识。

“根据工作需要，我们打算坚守工作岗位，在渠道上过一个别样的春节!”“那孩子怎么办?”“前天我就把他们送到了安阳爸妈的临时住所，让他们照看。”夫妻俩争着回答，“虽然工作辛苦一些，但能够守护一渠清水，人生就变得特别有意义。”

为了不影响他们工作，我们就此道别。看着夫妻二人渐渐远去的身影，与渠道的清水融为一体。不禁感慨，正是有了像他们一样普普通通、默默奉献的南水北调人，沿线千家万户的春节才有了年味儿，才有了如水一样甘甜的幸福和团圆。

（李强胜　中线建管局渠首分局）

电力十足的“伏安男团”

聂春光和王红硕是南水北调中线工程辉县管理处的电力专员，负责辉县段永久供电设施的管理工作。因其扎实的专业基础和卓越的业务能力，同事们戏称他俩为“伏特·聂”和“安培·王”，自然而然地，他俩就组成了管理处的“伏安男团”。

聂春光是辉县管理处的电力专家，2014 年他投身南水北调事业，作为运维单位的现场负责人，主持完成了北汝河中心站和叶县鲁山范围降压站的首次送电工作。那时的他已经身经百战，参与完成过多个大中型变电站综合自动化项目建设。2018 年他成为辉县管理处的电力专员，负责保障辉县段辖区电力供应。辉县段线路长，闸站和设备多，有 436 个塔杆、15 个降压站，他肩负沉甸甸的担子，足迹遍布了辉县段的每个角落。

日复一日的自查自纠、问题整改，低头审批临时用电申请，抬头检查线杆有没有异常。对于经验丰富的聂春光来说，运行管理除了琐碎的日常工作，还要应对各种突发紧急情况，比如临时停电。

2019 年 11 月 12 日凌晨 4 点 58 分，枕边的手机吵醒了聂春光，电话来自山庄河中心开关站：“聂工，20 分钟前现场设备报警，系统电压异常，需要立刻停电检查。”管理处园区在山庄河中心站的供电范围，中控室不能停电！聂春光立刻联系辉县市区的同事说明情况，并立即赶往管理处启动柴油发电机；另一边还要与运维队伍保持联系，掌握现场情况，做好应急处置的准备。6 点 24 分，启动管理处柴油发电机；7 点 10 分，经过现场线路排查，并与国网卫辉供电公司再次沟通得知，此次故障原因是另一 35 千伏用户线路出现故障，辖区内的线路没有问题。那一天，辖区内供电平稳，食堂也供应了热乎乎的早点，一切和往常一样。只是那天，有些人来得特别早。

临时停电很紧急，计划停电的时候，电力专员也闲不下来。

那是一个周六的早上，小雨淅淅沥沥，瓮涧河中心开关站计划当天 8 点到 20 点停电。那个周末，管理处的另一位电力专员王红硕值班。他一早到管理处，就跑到车班，“郑师傅上班不，今天计划停电，得用皮卡车拉柴油呢!”外面淅沥沥地下着雨，去峪河节制闸的路不仅远，还很泥泞。一路颠簸来到峪河，雨还在下。王红硕站在车斗里给柴发加油，穿着雨衣还得撑着伞，他说这样才能保护好油桶防止进水，油泵线路也要保护好，不能淋着雨。赶回管理处的时候，已经过了午饭点儿，厨房大师傅正在刷餐具，看着湿漉漉的他，说：“王工，饭没了，菜还有点，我给你热几个馒头吧!”拿着馒头的手

还散发着浓浓的柴油味儿，红硕有点犯恶心，可想到峪河加油的事儿处理好了，便踏踏实实地吃完了这顿午饭。

相比聂春光，王红硕算是半路出家，虽然来南水北调中线工程更早，但是从 2018 年才接触电力相关工作。那个时候，赶上午峪河倒虹吸和黄水河支倒虹吸安装功率补偿设施，王红硕刚到电力岗位，功率因数是什么都不知道。聂春光看王红硕满脸疑惑，“来！我给你讲讲啥是无功补偿。”红硕自此开始一点点打基础，哪个是暂态分析，谁又是矢量运算，三十多岁的他从电路原理开始，拿起大学课本耐心地读。虽然吃力，但从不放弃——像检查临时用电申请一样，仔细又耐心。

“伏特·聂”的专长是微机继电保护和 SCADA，说自己怕是要荒废了“武艺”，人到中年还有点急躁；“安培·王”有技术短板，隔行如隔山，不会的东西太多。一个技术大拿，一个半路出家；一个风风火火，一个耐心仔细。也许他们身上有很多不同，但相同的是对南水北调事业的热爱，对完成工作的顽强斗志，对克服困难积极乐观的心态。

这就是辉县管理处的“伏安男团”，你“粉”了么?

（和凯　中线建管局河南分局）

南水北调中线工程首次以设计最大流量输水

5 月 9 日 8 时 30 分，南水北调中线工程陶岔渠首，清澈的丹江水穿过闸门，欢涌向北。监测显示，此刻的入渠流量为 420 立方米每秒，这是中线工程首次以设计最大流量进行输水，以这个流量计算 5 秒钟即可充满 1 个标准游泳池。

中线工程在第 6 个调水年度就达到加大流量 420 立方米每秒输水设计目标，是对工程输水能力的一次重大检验，是工程质量稳定可靠和效益充分发挥的重要标志。据水利部南水北调工程管理司负责人介绍，这次加大流量输水将全面检验中线工程状态和大流量输水能力，是优化水资源配置、提升生态文明建设水平的一次重要实践，是检验中线工程质量和效益的一项有力措施，是完成中线一期工程建设任务的一个关键步骤，同时也是水利行业全力促进复工复产、保障国家重大战略实施的重要举措。

今年入春以来，丹江口水库来水情况较好，随着汛期来临，迫切需要腾库迎汛。这为持续开展丹江口水库洪水资源化利用，推进生态补水常态化创造了条件，水利部决定实施中线工程加大流量输水工作。从 4 月 29 日开始，逐步调增陶岔渠首输水流量，加大流量输水过程预计持续到 6 月中旬。

“从世界各国大型调水工程运行的规律看，大型调水工程达到设计输水流量一般需要一个较长的时间，超大型跨流域调水工程所需要的时间更长，中线工程在第 6 个调水年度就实现加大流量输水设计目标，这是对工程建设质量和运行管理水平的重要考验。”南水北调中线干线工程建设管理局（以下简称“中线建管局”）总工程师程德虎介绍说。

南水北调中线干线工程全长 1432 公里，交叉建筑物 2385 座，运行管理任务十分艰巨。中线工程自 2014 年 12 月 12 日建成通水以来，中线建管局积累了大量运行管理数据和经验，工程运行经受住了设计标准流量 350 立方米每秒的检验，以及汛期和冰期输水的考验，运行状况良好。截至 5 月 9 日，中线工程累计向河南、河北、天津、北京平稳输水 290 亿立方米，成为沿线 24 座城市供水的生命线，通过实施生态补水，成为助力我国生态文明建设的重要力量。

中线工程加大流量输水是推进生态文明建设的重要举措。华北平原是我国地下水超采最严重的地区。据测算，每年华北地区超采 55 亿立方米左右，目前华北地区地下水超采累计亏空 1800 亿立方米左右，形成多个地下水位降落漏斗。华北平原地下水超采历史欠账多，实现采补平衡及地下水水位回升将是长期的过程。2019 年 1 月，水利部、财政部、发展改革委和农业农村部共同印发《华北地区地下水超采综合治理行动方案》，这是我国首次提出的大区域地下水超采综合治理方案，南水北调中线工程承担着地下水超采回补的重任。

2017 年至 2020 年，按照水利部部署，南水北调中线工程在保证沿线大中城市正常生活用水的前提下，连续 4 年利用丹江口水库汛期富余水量，实施向沿线河湖生态补水，目前累计生态补水达 34.92 亿立方米，华北地区地下水资源得到涵养修复，局部地下水水位止跌回升，生态补水区域周边地下水水位回升更为明显。石家庄滹沱河、邢台七里河、郑州贾鲁河等部分河流水质明显改善，波光潋滟，水鸟翻飞，为解决华北地区地下水超采问题，促

进沿线生态环境改善写下浓墨重彩的一笔。

加大流量输水期间，中线建管局严格落实巡视巡查、安全保障、应急处置等工作，24 小时不间断巡渠查险，明确巡查重点渠段、重要风险部位，高度关注安全监测与技术保障，加强内观数据采集，加密外观测点观测，强化安全监测自动化系统运行维护，确保工程安全平稳运行。

（许安强　周梦　中线建管局宣传中心　纪检监察部）

如何讲好一渠清水的故事

——第二届南水北调公民大讲堂志愿服务项目大赛暨讲师培训班收官

如何讲好南水北调故事？如何挖掘鲜活的宣传素材？如何把南水北调声音传得更远？

11 月 26 日，第二届南水北调公民大讲堂志愿服务项目大赛暨讲师培训班在石家庄圆满落幕。大赛舞台上，选手们用通俗易懂的语言，融合多媒体形式，将大讲堂宣讲方法诠释得生动有趣。

提起南水北调公民大讲堂，很多南水北调人都不陌生。许多管理处从 2014 年工程通水起就走出渠道，走进学校社区，走到群众中间进行大讲堂宣讲。也有很多喜爱南水北调事业的群众、学生进入工程参观、学习。今天，南水北调公民大讲堂已走过 5 个岁月，100 多名讲师遍布工程沿线河南、河北、北京、天津四省市，有他们的地方就有南水北调故事。

用心做　不流于形式

本次活动亮点突出，精彩纷呈。有情感的渲染，也有技巧的分享。从“讲啥”到“怎么讲”，从“课程设置”到“项目开展情况”，选手们既讲述方法，也传递技巧，并启迪心灵；既发表见解，提出主张，也抒发情感，从内容到形式，从授课方式到授课技巧，分析受众群体，挖掘自身特色，不断寻找亮点与突破口为观众们呈现了一堂别开生面的大讲堂宣传知识盛宴。

金奖项目分享讲师保定管理处志愿者朱梅用饱含深情的话语分享了六年间如何陪伴学生从一年级走到六年级的故事，学生们那一双双稚嫩纯真的眼眸透过屏幕深深地打动了在场的每一名观众。

朱梅认为大讲堂“爆款”的秘籍是，“每次活动要选择一个鲜活、引人注目的主题。如何确定宣传主题？首先要抓时间节点，其次要多与老师、学生沟通。只要用心做，一定会获得意想不到的惊喜。”

银奖项目分享讲师航空港区管理处志愿者杨莉莉也分享了大讲堂宣讲好经验：大讲堂宣讲要从“我们讲”到“大家参与讲”，从“单方面输出”到“互相学习”，从“走出去”“请进来”到“有所留下”，从“独立的活动”到“系列开展”。

值得注意的是，很多参赛项目从 2014 年通水起就走出渠道，走进学校社区，走到群众中间进行大讲堂宣讲，一路下来，不仅宣传了南水北调工程知识，更让志愿者们收获了丰富的经历。来自郑州管理处的申报项目今年共举办大讲堂活动 12 次，自 2017 年开始启动南水北调公民大讲堂活动以来，他们走街头、进学校、入村镇，面对面同各个年龄段的民众交流、同各行各业的群体沟通，一直在传递南水北调的建设和运行故事，既讲述老一辈的故事，也讲述新一代的成长；既介绍人工开凿的艰辛，也介绍科技创新的力量；既纪念移民群众的奉献，更讲述调水节水的成就；既演绎水患水害的惨烈，更演绎治水兴水的多彩。

分享探索　讲师培训完美收官

11 月 26 日下午，南水北调公民大讲堂第三期讲师培训班准时开班。中国志愿服务研究中心助理研究员、中国社会科学院社会发展战略研究院助理研究员张书琬老师、水利部宣教中心水情教育处处长邵自平，分别从“新时代文明实践志愿服务体系、管理与实践”“如何更好开展志愿服务活动”等方面授课，为下一步开展南水北调公民大讲堂志愿服务活动指明了方向。

河北分局财务资产处刘四平、河南分局郑州管理处赵鑫海分享了大讲

堂宣讲经验。刘四平总结了大讲堂宣讲的四点感受：从事宣讲有热情，成果关键看融合，唱响新时代主旋律，为学生埋下南水北调的种子，给了大家深深的启发。赵鑫海从“如何讲好一堂课”展开宣讲，为大家带来了满满的干货。

南水北调公民大讲堂一直在路上

南水北调公民大讲堂自开办以来，受到了社会各界的广泛关注，深得广大受众的喜爱，搭建了文化交流、传播和互动的平台。本次大赛不仅是对这一年沿线大讲堂工作的认可和肯定，更为明年项目策划开展提供了清晰的思路。2021 年，大讲堂应紧紧围绕“节水优先、空间均衡、系统治理、两手发力”新时代治水思路，在“精、深、广”上下功夫，继续打造精品讲座，拓宽受众渠道，创新宣传形式，讲好南水北调故事，唱响新时代主旋律，让更多人了解南水北调工作，喜爱南水北调文化，为助力南水北调各项事业发展营造良好的社会舆论氛围。

航空港区管理处负责人马振啸听完讲座后，非常兴奋。他感慨地说：“大讲堂不仅是一个交流的窗口、对话的窗口，还能反哺我们自身的工作。讲师的展示、老师的讲座，对南水北调宣传工作破除目前的发展瓶颈，寻找解决途径，提供了很好的思路。”

南水北调公民大讲堂是依托南水北调工程开展的唯一一个大型节水护水志愿服务项目，连续开展 5 年多，深入北京、天津、河南、河北、湖北 5 省市工程沿线中小学 590 所学校、16 家企事业单位，组织活动 1495 场，受众达 60 多万人，逐步从农村走向城市，从小学走到大学，从社区走向机关。如今，大讲堂已经成为南水北调宣传品牌项目，今年更荣获了第五届中国青年志愿服务项目大赛金奖。

本次大赛经过各单位申报、项目初审、项目路演、专家评审等几个环节。最终，保定管理处“南水北调公民大讲堂　我们为你点赞”项目获得金奖，航空港区管理处“讲好南水北调故事　你我同行”和邓州管理处“让南水北调精神薪火相传”两个项目获得银奖，来自郑州、霸州、鲁山、荥阳、邯郸、石家庄、易县等 7 个管理处的参赛项目获得铜奖。

本次大赛由宣传中心主办，河北分局承办。来自全局的 10 个服务项目代表和各管理处公民大讲堂讲师70余人参加活动。

（李萌　张小俊　周晓霖　中线建管局宣传中心）

扫码阅读——去南水北调中线，为何必去穿黄工程（钞向伟　中线建管局河南分局）

扫码观看——南水北调中线印象第五季之千里奔流（视频）（赵柱军　中线建管局宣传中心）

二等奖

保长湖　保民生　力保沿线百姓安全度汛

——引江济汉和兴隆枢纽工程助力长湖撇洪

当前，湖北省防汛形势异常严峻，为缓解省内第三大湖泊——长湖的防汛压力，南水北调引江济汉和兴隆水利枢纽工程启动防洪调度，助力长湖撇洪，力保沿线百姓安全度汛。

7月18日21时10分，随着湖北引江济汉工程拾桥河上游泄洪闸关闭，引江济汉工程今年首次为长湖撇洪结束。自14日8时30分至此，此轮防洪调度共为长湖撇洪共计4343.7288万立方米，相当于高水位时降低长湖水位约0.3米。

入梅以来，受多轮强降雨影响，被称为“荆州头顶一盆水”的长湖水位持续上涨，至7月12日12时达到33.57米，超保证水位0.57米，比2016年的历史最高水位33.46米高出0.11米。

“目前枢纽上游水位35.71米，下游水位32.15米。皇庄流量为1660立方米每秒，上游来水流量约为1800立方米每秒，泄水闸开启23孔，下泄流量为1150立方米每秒，枢纽总下泄流量为2012立方米每秒。已具备防洪调度条件。”“开始调度。”7月14日0时30分，兴隆水利枢纽启动防洪调度。

为保长湖、保民生，兴隆水利枢纽工程按照湖北省水利厅统一部署，抓住联合调度创造的有利时机实施防洪调度，为引江济汉工程给长湖撇洪创造有利条件。0时30分，关闭闸门8孔，减少下泄流量400立方米每秒，枢纽下泄流量1600立方米每秒；截至6时30分，关闭闸门14孔，枢纽下泄流量降至1420立方米每秒，上游水位36.15米，下游水位31.6米。经过6小时连续鏖战，兴隆水利枢纽防洪调度圆满完成。

7月14日8时30分，引江济汉工程开启拾桥河上游泄洪闸，通过引江济汉渠道将来自拾桥河的洪水撇向汉江，缓解长湖防汛压力。鉴于拾桥河水位低于长湖水位的工况，同时利用了反向倒流方式为长湖撇洪，通过拾桥河倒虹吸反向过流，将长湖洪水引入引江济汉渠道。7月17日17时，根据监测数据，长湖水位降低至32.99米——终于低于水位保证！

根据水利部长江水利委员会调度令，自 17 日 12 时起丹江口水库向汉江中下游供水量按日均 1500 立方米每秒下泄。受此影响，位于下游的兴隆枢纽于 18 日 4 时下泄流量达到 1447 立方米每秒，并继续加大，距离兴隆水利枢纽仅 1.5 公里的引江济汉工程高石碑出水闸，下游水位迅速上涨。综合考虑后期降雨沿线冲沟水量入渠对于蓄水容量的影响和行船波浪对渠坡影响，且长湖水位已退出保证，引江济汉工程管理局于 18 日 5 时 30 分、6 时先后关闭了拾桥河上游泄洪闸和高石碑出水闸。

为了最大限度为长湖撇洪减压，18 日 12 时，引江济汉工程管理局再次打开拾桥河上游泄洪闸全部八孔闸门，开度 5.5 米。打开高石碑出水闸全部八孔闸门，开度 6.6 米（均提出水面），流量 117 立方米每秒。

由于汉江水位持续上涨，高石碑出水闸上下游水位差逐渐减少，至 20 时 30 分上下游水位差仅 0.01 米，继续实施撇洪会导致汉江水倒灌入渠，危及引江济汉工程安全。引江济汉工程管理局按照省水利厅调度令，于 21 时 10 分关闭了拾桥河上游泄洪闸，于 21 时 30 分关闭了高石碑出水闸。

鉴于目前引江济汉渠道仍在高水位运行，引江济汉工程管理局将继续做好值班值守、渠道巡查、水位监测等工作，及时做好信息传报，确保工程运行安全，为更好迎接挑战随时做好充足准备。

防洪调度期间，兴隆水利枢纽管理局严格落实各项防汛指令，密切关注水雨工情变化，半小时发布一次实时水情简报。研究制定兴隆枢纽来水流量预测图、时间与水位对应关系图，反复校核上游拦蓄能力，加强设备机械和建筑物巡查。局防汛抗旱指挥部成员坐镇工程现场，集体会商研判，指挥动态精准控泄下泄流量，成功实施兴隆枢纽首次夏季防洪调度。

（朱树娥　戈小帅　陈奇　郑艳霞　湖北省汉江兴隆水利枢纽管理局）

把使命与责任刻在心中

——记山东省“五一劳动奖章”获得者刘辉

“有困难，找大拿。”这是流传在邓楼泵站管理处乃至济宁局的一句话，

"大拿"就是山东干线济宁管理局邓楼泵站管理处的刘辉。他虽然长相憨厚、穿着朴素，但是在邓楼泵站工作中，却拥有"非常艳丽"的技术和经验。在今年山东省总工会的评选中，刘辉凭借优异的成绩，被授予"五一劳动奖章"。

青春无悔　扎根邓楼泵站

2010年4月13日，刘辉来到了刚进入建设期的邓楼泵站，虽说叫泵站，但那时还是一片荒芜的土地。除了黄土就是黄土，唯一的交通工具就是自行车。回一次家要步行1.5公里路，遇到下雨天根本出不去。就这样每天与黄土为伴，奔波于工地，夏天顶着烈日，冬季冒着严寒，哪里有活干哪里就有刘辉的身影。

10年过去了，刘辉和泵站日夜相守，见证了山东南水北调工程的成长历程，经历了泵站从荒芜的土地到长龙卧波的过程，经历了从建设施工的繁忙紧张到运行管理规范有序的蜕变。每当看到滚滚江水在自己的手中一路北上，滋润齐鲁大地，造福群众，刘辉就无比自豪。从现场建设管理到运行管理，刘辉积累了丰富的工作经验，忠诚、担当、责任、使命，在一次次的实践过程中，他早已把水利精神镌刻在了心中。

业务精进　从"菜鸟"到技术骨干

知识改变思想！思想改变行动！行动决定命运！研读设备说明，跟进机组大修，带头创新项目，正是通过努力学习和工作实践不断取得进步。刘辉凭着一腔热血和务实求真的精神，一步一个脚印，勇挑重担，刻苦钻研，对电气、金结、水泵、自动化及设备维修保养方面业务有了比较全面的理解，具备了较强的动手能力和解决问题的能力，一步步从"菜鸟"蜕变成现在的技术骨干。

刘辉参与的多项创新成果面向省农林系统发布推广。作为主创人员，他参与的南水北调科研课题和专业期刊上发表的论文，切实解决了工作中的不少难题。其中，南水北调工程专家委课题"南水北调东线一期工程轴流泵站效率、机组运行稳定性示范研究与评价"，对机组开关机过渡过程进行优化。

真空破坏阀关闭时间由7秒延长至15秒，解决了真空破坏阀漏气的问题，使机组过渡过程平稳，提高了机组使用寿命，降低了机组故障率，获得了开创性成果。

刘辉还多次在山东省水利行业技能竞赛中获奖，被授予山东省农林水系统合理化建议活动“先进个人”“山东水利技术能手”“山东省职工创新能手”“山东省农林水系统创新能手”等称号。他是山东省农林水系统“五一劳动奖章”获得者，被山东干线公司授予“十佳标兵”称号。

乐于助人　和大家共成长

刘辉从业10年，始终怀揣着一颗真挚善良的心，诠释着一个共产党员的责任与使命，用热心谱写了一曲曲动人的乐章。

在同事们的眼里，刘辉是个典型的大忙人，既要带班，又要抓各种机电自动化问题整改创新。单位出现什么难题，大家第一个想到的是刘辉，不管多忙，他都来者不拒，有问必答，有难必解。针对每个人的专业和基础差异，他开设“小灶”单个指导，为了管理处每一个人都能真正掌握技术，独立处理问题。每当单位组织学习、竞赛，他总是跑在最前面，为大家创造良好的学习条件。他坚持不抛弃不放弃的原则，以身作则潜移默化地影响大家，带领同事们共同进步、共同成长。

（黄雪梅　丁晓雪　南水北调东线山东干线有限责任公司）

君　问　归　期

“继超，你什么时候回家啊？两个孩子都很想你。”这成了每次妻子和我视频必问的问题，这似乎成了我和爱人之间的默契，每次她问，我总是回答“快了，再等等，我就回家。”这近乎固定的一问一答，却饱含着爱人对我的牵挂和我对家人的思念。

这是我工作以来离家时间最长的一次，已经有4个多月没有和家人见面。2020年元旦，新年伊始，我坐上了邯郸开往北京的北上的列车，开始参加总

调度中心组织的为期三个月的输水调度轮训工作。总调度中心是全线输水调度的指挥中枢，因此我很珍惜来北京参加轮训的学习机会。因为在总调度中心我将系统学习到输水调度的相关知识、各个自动化系统的使用操作、如何对全线水情进行分析研判，如何制定下发指令实施调度操作等。我给自己列了一张满满的学习计划表。

放下行囊，简单地购置了一些生活用品，第二天我就开始了在总调度中心的轮训，参与到输水调度值班工作中。冰期输水，作为值班员的我，不仅要时刻关注重点断面的过流情况，还要时刻紧盯各个节制闸的水位流量等水情数据，关注各个分水口的分水情况，同时还要密切关注冰期输水期间的气温、水温及天气变化情况，以应对可能发生的应急突发事件。

在工作中，遇到不懂的问题，我总是询问当班的值班人员，大家总是很耐心地为我解答，我也慢慢地学有所获。日子就在紧张的轮训学习中一天天流逝，虽然输水调度值班很辛苦，但我觉得很充实，唯一放不下的是家中的父母和妻儿。

我原计划大年初三在总调度中心值完班，初四回家探亲，然后再回到北京继续参与输水调度值班工作。2020 年初来势汹汹的新冠肺炎疫情却阻断了我和许多人返乡的脚步。为有效防控疫情，考虑到输水调度岗位的特殊性和重要性，总调度中心安排未出京的人员参与调度值班。一边是家乡，一边是工作，我毫不犹豫地退掉回家的火车票，坚守在总调度大厅值班。在这场抗击疫情的全民战“疫”，每个人都有属于自己的战场，而我的战场就是三尺调度台。按照防控疫情的总体要求，为了最大限度地减少人员流动，为期三个月的轮训时间暂定延期至六个月，我义无反顾地选择了继续坚守。

“若有战，召必回，战必胜”，保障好供水“生命线”，这是和我一同留下的张祥、赵越、李宏鑫、赵国炜、张洪铭、蒋孟霖共七名轮训人员共同的想法。

调度值班结束后，回到宿舍跟孩子们视频是我最开心的时候。我有两个女儿，大女儿 5 岁，小女儿才不到 2 岁，正是可爱又好玩的年纪，也是最需要照顾的时候。两个女儿现在跟着妈妈在石家庄，家中的一切都交给她操持，虽然很辛苦但妻子对我的工作很支持。她对我说“你在北京安心做好工作。现在全国都在抗击疫情，南水北调中线工程保障了沿线 40 多座大中型城市、100 多座县市的供水，供水是大事，你的工作很重要。你放心，我在家一定把咱爸妈和孩子照顾好。”妻子的支持不仅解决了我的后顾之忧，也给予了我莫大的力量和鼓励。

视频的时候，两个孩子总是爸爸、爸爸地喊个不停，大女儿经常撒娇地问我“爸爸你什么时候回来，我都想你啦”，小女儿虽不太明白也跟着姐姐不停地嘟囔着“爸爸，想你想你”。我只能微笑地回答道“爸爸很快就回家啦，回去给你们带礼物。你们两个在家要听妈妈的话，要乖乖地等着爸爸回家”。虽然对着镜头里可爱的女儿我总是面带微笑，可是挂了视频，对家人和孩子的思念就涌上心头，心中不免感伤，真想早点回家陪陪她们！

想念两个孩子的时候，我总是翻看以前给孩子们拍的视频、照片，妻子知道我思念幼子，也时常给我发孩子的照片和视频。和我一起轮训的同事张祥，聊天时跟我说因为长时间没回家，不到2岁的女儿现在一在视频里看到他就喊着要挂，让他不知所措，心中十分苦闷。但大家心中都明白这份坚守的意义，每当在视频监控画面中看着清清的丹江水从退水闸中奔涌向地方河流、对沿线进行生态补水，每当想着清清的丹江水送入各个分水口门送入千家万户，我们的心中就感到很欣慰，就觉得一切的付出都是值得的。

值班之余，跟舍友散步时，总会不由自主地走到中华世纪坛公园南门，我总会驻足凝视远处的北京西站，心中勾画着我坐上回家的火车的情景。冬去春来，在以习近平总书记为核心的党中央的领导下，在全国各行各业工作者的奋战下，疫情逐步得到了有效控制。我相信回家的脚步也会越来越近，君问归期，归期可待。

现在，我们几个轮训人员聊天时也经常说起疫情过后最想做的事是什么。有的说要赶紧回去见见相亲对象，有的说要回去陪女朋友吃顿大餐，而我呢，回去之后最想做的就是给家人一个大大的拥抱，再吃上满满一碗日思夜想的老妈牌手擀面，牵着孩子和爱人的手在春日暖阳里漫步！

（宋继超　稽察大队）

不断缩短的路程

2020年5月初，在湖北省十堰市郧阳区安阳镇青龙村的家里，南水北调

中线保安公司的郑道军接到了单位的电话。电话内容很简单，返岗。因为疫情，这两个字，对他而言，却是期待已久。返程路上，窗外的路还是那么熟悉，景色依旧那么美丽，而司机郑道军却思绪万千。

2016 年 8 月 15 日，郑道军清晰地记得这个日子，那是他到单位报到的第一天，也是他第一次走这条路。

这条路，始于十堰市青龙村，止于郑州。在今天看来，仅仅几个小时的路程，可在几年前却显得路远迢迢。从青龙村山区的家出发，刚开始是 20 分钟左右小短途，一路上，乡村客车吱吱呀呀，摇摇晃晃，不时扬起泥土的味道，富有浓厚的乡村气息。每一次走这段短途，郑道军都会感到无比放松而惬意。但这一次走，因为目的地不同，他还满怀着一丝期待。到安阳镇后，需要辗转三趟车，耗费一个半小时才能踏上前往郑州的火车。而这趟火车要行驶 11 个小时才能抵达郑州，这期间只能坐在狭小的硬座里，空间的约束将身躯的疲惫无限放大，时间静止仿佛显得如此漫长。

从青龙村到郑州的路再漫长，对郑道军而言，这只是一条普通的路。随着时间的推移，终会到达目的地。在那里，他有自己的路要走。

郑道军家所在的湖北省十堰市郧阳区，是水利部定点帮扶的 6 个县（区）之一。2016 年，为落实时任国务院南水北调办主任、现任水利部部长鄂竟平提出的“以帮扶就业实现精准扶贫”的指示精神，南水北调中线工程保安服务有限公司（以下简称保安公司）与郧阳区政府建立了“情系库区定向扶贫”项目合作机制。2016 年，作为保安公司“情系库区定向扶贫”第一期第一批招录人员，郑道军成为南水北调中线工程的一名安保人员，来到了保安公司。

来保安公司前，郑道军在郧阳区一个汽车公司做安全管理员，月收入 2000 多元，不交纳社保，没有其他福利。说起那段岁月，郑道军感慨，“唯一的好处是离家近。”离家确实近，但对他而言，却是返乡情更切。父母上了年纪，媳妇腿有旧疾，无法干重活，两个孩子要抚养，靠他一个月 2000 块钱的工资，确实做不到心里有底。家里的困难，让郑道军这名曾当过 5 年野战军高炮手，受过军旅磨炼、意志刚强的老兵，感觉到了力不从心。

当郑道军抱着试一试的想法，来到保安公司后，才发现他来对了。保安公司的“准军事化”管理，让郑道军找到了重回军营的感觉。就像鱼离开水、又回到水里一样，失去了才知道珍惜，能重新拥有，郑道军倍加珍惜。

来保安公司后，作为第一批学员，郑道军在保安公司邯郸培训基地培训了45天。培训结束后，50余人的队伍，因为培训量大，许多人吃不了苦，选择了退出，留下的仅剩20余人。郑道军是这20余人中的一员。因为有当兵的经历，能吃苦耐劳、纪律性强，培训结束后，郑道军没有按计划分到安保分队做安全保卫工作，而是作为保安公司教官，留在了基地。

2016年12月，培训基本结束后，考虑到郑道军任职教官期间优异的表现和郧阳人的身份，郑道军被分到了渠首分局邓州分队，负责邓州分队的日常管理。对没有从事过管理的郑道军而言，他形容那时候的自己是“赶鸭子上架”。不带队伍不知道，带了队伍吓一跳，邓州分队郧阳区过来的安全保卫人员不少，虽然培训过，还是老乡，但油盐酱醋、鸡毛蒜皮、家长里短啥事都得操心。思想工作不好做，但不得不做，还必须要做好。由于日常工作简单单调、离家远等问题，郑道军完全把自己当成了居委会大妈，一边负责工作沟通协调，一边家长里短安抚人心。

2017年，因为工作表现好，郑道军被借调到了保安公司安全监督处，负责安全生产检查工作。2018年7月、8月，随着保安公司工程巡查接管工作陆续展开，郑道军开始参与工程巡查接管准备工作，直到2019年8月工巡管理处成立，2019年10月工程巡查接管任务全部完成。从被培训到培训别人，从干具体工作到深度参与保安公司核心业务管理工作，一路走来，郑道军用自己扎实的工作表现，展现了一名党员的担当、一名教官的职责和一名老乡的温情。

作为保安公司定向扶贫的一个代表，郑道军不断成长，个人价值不断得到体现。从赶大巴赶火车到开上自己的汽车，从一整天的路程到5个多小时的行程，这不断缩短的路程，是郑道军奔跑在小康路上的成长步伐。

（李付举　南水北调中线保安公司）

人人都说南水好

南水北调中线工程自2014年12月建成通水6年间，发挥的效益巨大。

我作为一名南水北调工作者，亲眼目睹了工程在扭转生态赤字、助力地下水压采和改善人民生产生活方面发挥的作用。

快去看，大沙河里又有水啦！

“老伴儿，一会儿再吃饭。快去看，大沙河里有水啦！”

今年75岁的老李，家住新乐市木村乡，近邻南水北调总干渠。多年未见沙河过流的他在回家的路上听说河道里有水了，赶忙回家叫上老伴前去观看。

“小时候，河里的水都是满的，那时候我们经常在河边玩耍。一晃，几十年过去了，这里最近的一次长时间过水还是96年那。”站在河堤上，老李远望着河水，激动地和身边一同前来观看的乡邻们诉说着，回忆起了儿时的快乐。

突如其来的水源自哪里呢？当然是南水北调中线工程。为了推进沿线地下水超采综合治理，自2017年底以来，南水北调已经沙河（北）河道向周边生态补水逾3亿立方米。

随着消息的传开，很多邻村的甚至住在县城的人们也都慕名前来。一时间，这里俨然成了一处游玩的“景点”。小商小贩们嗅到了其中的商机，赶上双休日便在河堤上一字排开，吆喝售卖各种小吃和玩具，热闹非凡。

这热闹的背后不仅有华北平原上人们对水的新奇，更多的是对水资源短缺的无奈和渴望！的确，这里的人们没怎么见过水，单单是干涸多年的河道重现过流，就已经让大家兴奋不已，再加上晨辉渐染和夕阳映照的美景，又如何才能按奈得住一睹真容的热情呢？但是，理解归理解，莫忘古训“水火无情”啊！南水北调中线新乐管理处唯恐大家只顾看美景而忘却了水深流急的危险，专门在过流期间加密了退水渠周围的巡视检查，并设置了相关警示标识。

“爷爷，南水北调真好，给我们这里带来了一片这么大、这么漂亮的水面，就像您小时候见到的一样。”第二天，老李回家把6岁的孙女也带了过来，兴致勃勃地讲起了他曾经见过的大沙河。

临水而建的体育公园，秒变香饽饽！

“大飞，晚上跑步吗？”

“必须的！下班体育公园见。”

“爸，晚上我陪您散散步吧，咱就去新建成的体育公园。”

“好啊，我听说这体育公园紧邻着南水北调渠道，空气湿润，环境也特别好，很适合消夏散步和体育锻炼。”

2019 年新乐市沿南水北调工程建设的体育公园和绿色廊道向市民开放以来，人们相互“约起”的对话越来越常见。

公园和长廊充分利用了南水北调工程的生态优势，以“绿动新乐，助跑城市”为主题，统筹规划绿化绿廊，做到四季常绿、三季有花，既与南水北调工程交相呼应、互增光彩，又界限鲜明、互不干扰。为广大市民提供良好休闲健身场所的同时，让更多的人民群众认识南水北调工程、爱护渠道沿线设施，合理保护了南水北调水系资源。

“以后想踢球可得早点来，这一到吃完饭的点儿，散步的、带娃的哪儿哪儿都是人，体育公园真是块香饽饽。”

“可不是嘛，有了南水北调就是好，周边的环境逐步被改善了，大家才都喜欢往这儿凑。”

两个刚运动完的年轻人边往公园外走边聊天道。

临危受命，江水真甜！

说起水，我想石家庄人应该都忘不了 2016 年 7 月的那场大雨。那是 1996 年以来最强的暴雨，南水北调工程遭受前所未有的冲击和考验，河北 20 余座水库紧急泄洪，周边十余条河流遭遇洪水，石家庄市西北水厂供水突然中断，近 200 万市民生产生活受到影响，有的小区一天三顿饭都供不上水，即使供水，大多时候也浑浊不堪，高层楼房居民家里甚至一连几天断水，只能依靠政府提供的流动供水车，定时定点接水。酷暑之夏，赤日炎炎，水对人有多么重要，居民对水有多渴望，那几天，石家庄人民真的是备受煎熬。

关键时刻，南水北调中线建管局迅速作出指示：一手抓抢险，一手保供水，两手不放松。应急供水模式立即启动，加大干线供水量，密切配合石家庄市西北泵站，最大限度地抽取南水，保证城区居民用水安全。

“来水啦！”

“哇，水好甜，而且还没有水垢！”

这就是南水与干渴多日的石家庄第一次见面的场景，两句惊呼，满是惊喜。

“只有经受了停水给生活带来的不便，才更能体尝到南水的甘甜。”这是石家庄人民的深刻感受。

或许是因祸得福，一次水荒成功推进了南水的全面引入。南水北调中线工程输水水质一直保持在Ⅱ类或优于Ⅱ类，不仅保障了我们饮水安全，还从根本上改变了受水区的供水格局，水质、饮用口感大为改善，大幅增加了人民群众的幸福感、获得感。

人人都说南水好，不仅是社会对南水北调的认可，更是人民赋予南水北调的希望和责任！我们一定要牢固树立和践行习近平总书记提出的绿水青山就是金山银山的理念，不折不扣落实“节水优先、空间均衡、系统治理、两手发力”的治水方针，不忘初心，牢记使命，守好水、送好水，以水兴邦助力中华民族伟大复兴的中国梦。

（王鹏飞　中线建管局河北分局）

解锁高质量发展的“动力密码”

——南水北调东线山东干线公司文明创建侧记

近几年来，南水北调东线山东干线有限责任公司（以下简称“山东干线公司”）先后被水利部授予“安全生产标准化一级单位”、南水北调系统“南水北调工程建设先进单位”，被山东省文明委评为山东省直文明单位，被省总工会授予“山东省五一劳动奖状”，被济南市授予“2019年度创新发展突出贡献企业”。

不久前，我们走进山东干线公司总部大楼，浓郁的文化氛围扑面而来。随着采访的不断深入，为山东干线公司这几年各项工作高质量发展提供不竭动力的“密码”逐一呈现出来。

党建引领强“根”铸“魂”

习近平总书记在全国国有企业党的建设工作会议上强调，坚持党的领导、加强党的建设，是我国国有企业的光荣传统，是国有企业的“根”和“魂”，是我国国有企业的独特优势。

山东干线公司党委深入学习习近平总书记讲话精神，对此有着深刻的认识。公司党委书记瞿潇深有感触地说：“对于加强党的建设、规范党组织生活，开始公司很多人不适应，甚至有人说‘党建抓这么严，要求这么高，影响工程运行管理怎么办’。经过几年努力，看到党建工作与工程运行管理不相矛盾，而且为工程安全平稳运行奠定了良好基础，给企业发展带来了内生动能，各级党组织抓党建已从‘要我抓’向‘我要抓且必须抓好’转变。”

采访中，我们了解到，山东干线公司坚持“一把手”带头抓党建，一级带一级，层层抓落实，构建起机构健全、队伍完备、责任清晰、目标具体、任务明确的党建工作格局。公司党委严格按照《山东省水利厅党支部标准化建设及示范支部争创指标体系》，制定并印发《关于实施党支部建设规范提升行动的工作方案》，组织各党支部开展规范提升行动；开展划分党员责任区，创建党员先锋岗，为党员过“政治生日”；制定《党支部党建工作台账》《支部标准化建设归档清单》，按照“每月一抽查、每季度检查”的模式，指导各党支部积极开展标准化建设和梯级创建工作。

据悉，公司3个党支部获得“省水利厅2019年度过硬党支部”称号、5个党支部获得“省水利厅2019年度先进党支部”称号、6个党支部获得“省水利厅2019年度标准党支部”称号；其中2个党支部获得“省水利厅第二批示范党支部”。

党建引领，增强了公司广大党员的模范带头作用，在工程管理的第一线，一个党员就是一面旗帜。

在德州局大屯水库，我们采访了管理处主任崔彦平。身为共产党员的他，新冠肺炎疫情期间坚守岗位，承担起了多种角色：他是值班员，背起消毒喷雾器进行消毒作业；他是调度员，做好后勤保障、落实工程巡查与维护工作；他是驾驶员，主动向武城县政府提出申请，到疫情防控点接送水库职工；他是后勤员，每天给在岗职工们做早餐、中餐、晚餐。在他示范引领下，大屯水库党员、职工组成坚强的战斗堡垒，有力保障了疫情期间武城县40多万人的生活用水和德州市部分企业的生产用水。

采访中，枣庄局局长张亮方讲了这样一个例子：殷宪林是山东干线公司枣庄局韩庄泵站的运行员，负责巡检和读表工作。过去他只是干好自己分内的工作，其他工作积极性不高，还时常发些牢骚。今年，他一反常态，不仅主动要求参加环境艰苦的湘潭机组大修，还提交了入党申请书。通过

了解，原来殷宪林的妻子是公司的一名党员，不仅技术强，今年还勇挑重担担任了值班长。他妻子和党员们冲锋在前的奉献精神感染、感动、感召了他。湘潭机组大修嘈杂的机器声和他额头不断滴下的汗水，见证了他的转变。

扎实、务实、细致的党建工作，增强了公司广大党员的自豪感、责任感，激发了他们冲锋在前、率先垂范的自觉性、能动性。党建引领、党员带头，聚集起山东干线公司上下巨大合力，激发出员工们干事业、比奉献的强劲动能，有力地促进、保障了调水工作的安全、平稳运行。通水 7 年来，东线山东段安全调引长江水 46.24 亿立方米。

企业文化催生内生动能

上善若水，水善利万物而不争。山东干线公司将水的哲学、水的精神融入企业文化，将“水德文化”中体现的奉献、公正、坚韧、洁净等美德融入公司以水为本、治水为善、至善不息的追求中。

加强诚信文化和遵纪守法教育。公司邀请法学专家、法律顾问举办法律知识专题讲座和民法典专题讲座；出台《职工诚信考核评价制度》，不断增强员工的诚信理念、规则意识和契约精神；加强道德讲堂建设，设立“善心义举榜”，开展“我推荐、我评选身边道德模范活动”。

狠抓意识形态，强化正向引导。设立了道德讲堂、图书阅览室、职工之家、文体活动室、党员活动室等精神文明创建阵地；开展经常性的谈心谈话，及时掌握员工思想动态，牢牢把握意识形态领域工作的主动权；利用网站、报纸、微信、微博等宣传阵地，及时传达公司党委声音和主流舆论。

弘扬企业精神，打造企业文化。传承弘扬新时代水利精神，习水之德，实干奉献，营造干事业氛围；开展企业文化识别系统设计，统一制作安装，打造独具特色的企业文化品牌。

以“水德文化”为主题的企业文化，催生出公司员工的内生动力，活跃了公司精神文明活动。

公司积极践行志愿服务精神，打造特色志愿活动品牌。如开展学雷锋志愿服务活动，组织员工在工程沿线、学校宣传消防电力安全生产等知识；举办节水论坛，组织开展义务植树和“除青山垃圾·保绿色生态”春游秋游暨志愿者环保公益活动；开展“关爱山川河流，保护母亲河”公益宣传活动，捡拾清理河湖周边垃圾，制作节约用水倡议书，向市民发放宣传彩页等；积极参与社会公益事业活动，奉献爱心，募集捐款25余万元用于支援湖北疫情防控工作，开展“希望小屋”捐赠活动，实行“团组织、青年文明号、个人”三级联动模式，以公司“江水润齐鲁”微信公众号为依托，组织广大职工积极募捐，踊跃献爱心。

目前，山东干线公司已累计开展志愿者服务36项，荣获“2019年度优秀双报到单位”称号；双王城水库获精神文明建设工作“优质服务单位”称号；郭桂邹荣获“省水利厅抗击疫情最美志愿者”称号；杜森参加了“齐鲁最美职工”的评选；刘辉经过层层推荐，荣获“省直机关最美职工”称号。

文明创建提振精气神

山东干线公司将精神文明建设与工程运行管理充分融合，提振了南水北调人的精气神儿，坚定了职工扎根调水一线的信念，涌现出一批敬业奉献、坚守一线的先进人物，有力保障了调水工作安全平稳进行，公司健康发展。

双王城水库管理处的于涛，长时间学习积累，编制了30余份规章制度、施工技术要求。他曾在零下十几摄氏度的现场盯守一夜，迎风冒雪测量数据。他说：“数据准确才能保障调水安全。”

邓楼泵站的刘辉，十年如一日坚守在岗位，工作任劳任怨，兢兢业业，参与了南水北调专家委多项课题研究，带领团队为调水一线提供技术保障。

济宁管理局长沟泵站杜森，在工作中发挥自身所长，积极进行岗位创新，实现技术创新4项、技术改进多项。如今，他作为主要带头人成立了技能实训室。

精神文明创建工作激发了广大职工的干劲，有力地推动了山东干线公司的发展进步。近年来，公司累计荣获国家科技进步二等奖2项、省科技进步奖8项、水利部大禹水利科学技术二等奖1项、水利部水利工程优质（大禹）

奖3项等多个奖项。

开展精神文明创建活动，山东干线人凝聚起强大合力，激发出强劲内生动能，实干奉献，呵护着百姓用水的“生命线”，贡献着“山东干线”力量。

“我们将始终坚持党的领导、加强党的建设，全方位打造山东干线公司文化品牌，进一步推进精神文明建设，努力将山东干线公司建设成环境优美、技术先进、机制科学、体制合理、管理规范、运转高效的一流供水企业，为山东省经济发展、社会稳定和供水安全保障做出更大贡献。”山东干线公司董事长瞿潇坚定地说。

（魏晓雯　聂生勇　赵洪亮　丁晓雪　南水北调东线山东干线有限责任公司）

顶住疫情防控压力　保障沿线城市用水

——中线工程精准调度守护生命线

3月9日，从南水北调中线建管局传来好消息，2019—2020年中线工程冰期输水顺利结束，整个冰期输水量达13.78亿立方米。

每年12月1日到来年2月底，为南水北调中线工程冰期输水阶段。今年在新冠肺炎疫情和春节交织下，如何确保工程安全平稳运行，保障沿线6000万受水区群众的用水安全，是对中线建管局的重大考验。

南水北调中线总干渠冬季结冰十分正常。关键在于能否采取有效措施，防止冰冻灾害影响，保障冰期输水工程的安全调度与平稳运行。中线建管局总调度中心根据冰期输水调度方案，首先，保持总干渠高水位运行，如果形成冰盖，立刻实施小流量输水。其次，加强冰期输水水温、流速和流量的观测以及工程巡查巡视，一旦发现险情，提前预警。另外，全线增加了28条拦冰索、拦冰桶，在重要控制闸前安装了喷淋式、水下吹气式扰冰装置，并添置应急抢险车，及时切割冰块。还在容易冰冻的闸门槽内部增加电加热融冰设备，有效防止闸门不能正常启动的隐患。通过多措并举，消除了冰冻灾害对输水调度的安全影响。

如今，这些应对冰冻极端天气的有效措施，已经成为中线工程冰期输水调度的一整套经验。2019 年 12 月入冬之前，总调度中心提前开展冰期输水科学研究，将安阳河节制闸以北的节制闸闸前水位抬升至设计水位附近运行，并修订完善了冰期输水调度应急预案，组织开展应急演练。疫情防控期间，更是全天 24 小时监控，随时待命，统一调度，确保突发事件出现时及时有效应对。

中线工程沿线 1432 公里的长渠，有 64 座节制闸、54 座退水闸、97 座分水口门、61 座控制闸。随着沿线分水口门调整频次加密、疫情防控持续升级，工程安全供水的风险和难度也加大。总调度中心利用自动化闸站监控系统，集中远程控制闸门，成为全线输水调度工作的指挥中枢。每一项调度指令均由总调度中心制定下发。

冰期运行正值疫情防控和春节用水量变化期间，全线输水调度岗位具有特殊性和重要性。总调度中心紧急下达通知，要求除了执行最严格的测体温、消毒等措施外，工程沿线所有调度值班场所封闭隔离，严禁无关人员进出，切断病毒传播途径。

疫情防控期间，总调度中心及时制定应急防控措施，积极开展情况排查及信息报送工作，扎实做好疫情联防联控。无论如何都要保证总调度中心的安全，保证全线调度人员的安全。

2 月 5 日，总调度中心成立抗击疫情突击队。一旦调度值班人员出现疑似病例，随时待命的备班突击队，就要顶上去，做到有备无患，确保调度值班不缺人、不空岗。

根据以往经验，每逢春节假期，中线工程全线用水量比正常分水流量减少 15 立方米每秒左右。为此，总调度中心提前预判，预留了节后渠道调蓄空间，满足渠道水位上涨需求。但受疫情防控影响，今年春节假期延长，预计到大年初七用水量开始上升的情况并未出现，中线工程个别渠段水位反而上涨。控制水位成了调度工作的关键。调度人员通过闸控系统和日常调度管理系统，及时监测分水总量的变化和渠道水位的上涨，总调度中心迅速分析研判，有针对性地对全线下达调度指令。

从 1 月 22 日至 2 月 28 日，总调度中心共制定和下发调度指令 1815 门次，通过合理调蓄，避免了个别渠段水位上涨过快的情况，使渠道水位在安全区间运行，保障了工程的运行安全。

（闫智凯　周梦　刘许伟　中线建管局宣传中心　纪检监察部　河南分局）

抓铁有痕　踏石留印

——东线北延应急供水工程征迁工作纪实

东线北延应急供水工程是华北地下水超采综合治理行动方案中的重要组成部分。征地拆迁工作作为北延应急供水工程建设的重要环节，是保障工程顺利实施的基础和关键。由于时间紧、任务重，以及新冠肺炎疫情带来的影响，给征迁工作带来很多意想不到的困难，也一度成为制约工程进展的主要因素，参建各方面临巨大压力。

东线总公司北延建管部迎难而上，主动创新工作方式方法，会同地方政府部门及各方参建单位，以抓铁有痕、踏石留印的工作作风打赢了一场场“战役”。

先　锋　战

山东临清市临时用地征用是北延应急供水工程征迁工作的“先锋战役”。根据工程建设计划要求，北延应急供水工程计划2019年11月28日在临清市召开工程开工动员会。在动员会召开之前，需征用临清市临时用地52.62亩，确保油坊箱涵项目先行开工。

2019年10月底，北延建管部人员到位后立即开展工作，在水利部、东线总公司领导下，积极协调地方政府，共同推进征迁工作。征迁处会同设计单位、街道办事处迅速展开52.62亩临时用地勘测放线、分户丈量、实物调查、入户宣传等工作，尤其是对涉及迁移坟墓的村民做了大量工作，完成了26座坟墓迁移。短短20天时间完成了临清市征地工作，保障了工程的顺利开工。

攻坚战

征迁工作中最难啃的“硬骨头”是七一河右岸1.8万棵树木的腾挪清理工作，涉及山东夏津县3个乡镇19个行政村600余户村民。数量大、历史遗留问题多、情况复杂。

2020年1月至2月，北延建管部会同各乡镇工作人员组织村民对1.8万棵树木进行清点、统计、公示、复核。征迁处同志跑遍了3个镇政府19个村委会，每天早出晚归，对1.8万棵树木进行逐户清点，逐棵测量。不断向村民宣传南水北调北延应急供水工程的重大意义，还耐心答疑解惑，增强了广大群众的认同感。遇到村民提出不符合政策的诉求时，征迁处同志会同乡镇干部及村支书上门入户进行政策讲解，一次不行就两次，两次不行就三次，尽管吃了一次次“闭门羹”，但仍耐心劝导，直至问题解决。

新冠肺炎突袭而至。北延建管部在做好疫情防控工作的前提下，创新工作方式方法。实物调查过程中，减少人员流动和聚集，采取微信交流、视频取证方式确认实物量；制定相应激励政策激发村民积极性；采取网上办公方式与乡镇干部对征迁补偿协议进行反复研判修改，达成一致意见。督促各乡镇村民进行树木腾挪清理，协调村支书加快进度，把因疫情所影响的时间都抢回来，保障下一步工程建设顺利开展。

持久战

临时占用基本农田需要县、市、省国土部门逐级批复，批复难度大、周期长、复垦困难，成为征迁工作中的一场“持久战”。

北延建管部直面征迁过程中存在的深层次问题，不回避矛盾，不掩盖问题。组织设计、监理、施工单位多次现场勘查，根据工程实际情况优化临时用地方案，采用临时征用农田和租赁荒地相结合方式满足工程建设需求。北延建管部十分重视土地复垦方案编制工作，组织专家评审会，针对专家评审意见组织技术单位对复垦方案进行反复修改完善，确保复垦方案的科学性、可行性。由于历史遗留问题较多，一时难以做通群众思想工作就另选地块，避免影响工程建设及发生群众集访事件。确定地块后立即会同各乡镇干部及

村民开展勘测放线、分户丈量工作。针对有异议的村民，征迁处同志耐心宣讲政策，多次开展测量校核，消除村民疑虑，顺利完成了征迁工作。

（曹杰　南水北调东线公司）

是别离，良人难言断舍离

——南水北调保定管理处与沿线小学忆事录

2020 年 6 月 18 日上午，明朗的日子透着喜悦又渗着忧伤，应该像极了此时坐在车里驶向一座山村小学路上的我们的心情。

初　见

荆山小学，山脚下的小学，凝聚了我们 6 年光华，牵挂了 6 年心绪，付出了 6 年热情的山村小学。

2015 年的 3 月 19 日，保定管理处开创的“安全宣传进校园”伴着“世界水日、中国水周”第一次开展，第一个走进的校园就是这里，这里是荆山小学。

正如与姻缘人初见，满脸透的都是纯洁的笑。

这一年的“六一”，因为有了属于自己的一群需要牵挂、呵护的孩子们，儿时才有的纯真笑容终又穿越时空回到了保定管理处这群大龄儿童的脸庞上。

缘来再见，十指相扣

有缘初见，深情再见面。

2016年的6月1日，心心相念、心心相通，我们再次带着积攒了一年的南水北调的情爱，来看望渴望自己到来的孩子们，嘱托他们“快乐成长、安全第一”。

“童心向党，荆山小学与南水北调管理处共庆六一儿童节”活动前，保定管理处活动企划者朱梅独自默默地来到教室外，透过窗子深情凝视着教室内的孩子。

这一眸凝视，透着多少关爱与责任？到如今已多年，还将多少年？

恰好，如此温暖的瞬间，被当时还未退休的管理处老大姐高艳抓拍到。

也是在这一年的这个儿童节，“南水北调平安校园”的牌子被保定管理处送给荆山小学，由荆山小学校长张军亲自挂在校园门口上。

这一个特殊的牌匾，如海边的青石无论潮汐风浪就在那里，注定了南水北调保定管理处职工们的双手扣紧山村孩子们的小手，再也分不开。

以沫三年，为雏鹰化羽

心念所起，为雏鹰插上翱翔天空的羽毛，是保定管理处对孩子们一往情深。

2017 年的“中秋、国庆双节”期间，保定管理处的工作人员又带着投影器材、自制教材，来到教学设施匮乏的校园为孩子们讲述南水北调和与南水北调有关的知识、故事……就是这样，这群南水北调人用 PPT 和文字，带着孩子们去目光无法到达的美好远方。

三年里，只要时间允许，我们便不停地给孩子带来南水北调工程常识，节水护水知识，以及更深入的思维、品格、意志……多年后，相信这些当年被南水北调的爱孕育的“羽毛”也许真的可以化为孩子们立身天地的翅膀。

陌上花开，西席速归

南水北调保定管理处与荆山小学的孩子们结下了多么深厚的情缘？一起来看下面的彩蛋。

2018 年的 6 月 1 日，保定管理处荆山小学课外辅导员的朱梅，因工作缠身无法分身没有参加荆山小学的“六一儿童节”，也没有参加随后的六年级的毕业典礼。

即将毕业的孩子是受不了的，专门录制了视频：“朱梅阿姨，你怎么不来，不想我们吗，我们要毕业了，我们想见你！”

当收到孩子们从内心流淌出口腔的思念时，朱梅的内心是有怎样的不舍和喜悦？

6 月 15 日，朱梅和同事们专程带着毕业礼物来到了这群自己浇灌出思念与梦想的孩子们身边。

当相聚即分别时，也终于从朱梅的“我寻找你，我走近你”，变成了孩子们的“我珍惜你，我记得你”。这只是保定管理处与沿线小学的一个小小的纸

短情长，却如纸鹤满瓶，筑起了南水北调与沿线孩子们的浓情厚谊。

爱的光线温暖零度的风景

2019年12月24日，已是严冬。

寒冷的季节，干什么都容易缩手缩脚，但有我们南水北调人在教室里，自然带给孩子们温暖的光。农村小学条件有限，教室很冷。孩子们冷，我们也冷，但是有孩子们在身边，总要将自己变成一束光，温暖自己瞳孔里的花儿。

烧化冰雪，造出一个温暖

2020年6月18日，夏，新冠发乎于凛冬，寒意仍未退却。

冰雪不尽溶，我们——南水北调人，选择放一把热情的火，烧出一方温暖。

当我们在荆山小学结束一天的“毕业季、离别语，南水北调为你送行”暖心活动的那一刻……孩子们是这样留恋和回馈的：

“你们当年用文字带我去目光无法到达的地方，今天留下你们的文字将直达我的心。”

是孩子俏皮的一句“小姐姐，祝您越来越年轻，越来越漂亮!”

是孩子的一句“我的初中世界，也无法离开你们!”

是孩子把我们装进我的胸口的一个动作。

更是孩子因不舍泪流满面，把我们融化在她的泪水中又缓缓逆流进她纯真的心。

再见，是再也不见，还是后会有期？

我们与荆山小学孩子们的六年时光如水般趟过心头，是每次相见时的展开双臂，是相互交流时碰撞的震撼与感动；这一切有关热情，关乎责任，余下的绝非遗憾，而是成长。

孩子们此刻将从校园再起航，如光，如影，如昨日的清风，如明日的朝阳，成年后的人生童年里有南水北调的陪伴为起点，是一种难言的幸福。

南水北调保定管理处送给孩子们的毕业寄语：《毕业季，离别语——南水北调送你前行》

毕业季，离别语

——南水北调送你前行

亲爱的孩子们：你们好！

毕业，这个注定的离别，来到了我们身边。未必做好准备的你们和我，需要或欢喜或怅然地接受，然后离开。这样一个想来很平凡的事今天亲历时，却有着比预想中多得多的感触。

我们，几年前，带着南水北调真诚的问候，真心的呵护，认识了你们，此后年年与你们相逢、相聚、欢笑，到如今已有6载时光，恰好一个小学的完整轮回，有幸我们始终未曾缺席。

六年中，可爱的你们和南水北调之间发生了很多故事：一起在“世界水日、中国水周”里养成节水护水的好习惯；一起在“六一儿童节”里欢度你们独有的节日；一起在寒暑假里懂得了“远离溺水、珍爱生命”；一起在“中秋、国庆双节”中体会着团圆的幸福和祖国的繁荣昌盛；一起在南水北调的渠道上参观感受着工程的浩瀚伟大……这都是记忆、回忆，如每一滴南水北调水在流淌，即使蒸发也会掉落回人间。

六年中，你们在你们的母校也一定留下了太多的情感：有快乐，也有悲伤，有骄傲，也有落寞；有无可奈何的挣扎，有年少的彷徨，有勤奋，有梦想，也有顽皮和失落。

这一切，如是漫长，却如是短暂。漫长到数不清的酸与甜，短暂到一晃眼就到了今天的离别。

离别时，总要有真诚的祝福和寄语。在这里，南水北调想对你们说：

童心，是比野心更难实现的梦想，希望你们这群明日少年，始终童心未泯。

无论何时何地，做有情有义的人，做合情合理的事。年少易冲动，一定要做自己情绪的主人。

多读书。书籍中的知识是让自己变强和让自己家庭更幸福的最便捷的途径。同时，只有读书才能塑造出让别人羡慕的气质和灵魂。

要自信、要专注。相信自己与众不同，专注地走好自己脚下的路，时间久了，群星自然在脚下灿烂。

拒绝让自己变得粗俗和放纵，少年强则中国强，你们代表着祖国未来进化的方向，你们一定要让成年人向优秀的你们致敬。

拒绝通过贬低和嘲笑别人取悦自己，这样会一事无成，会让自己乃至以后的人生碌碌无为。

这些话你们有的能听得懂，也许再大一些才会懂，无论怎样，希望这些话有益于你们的健康成长。

6月，一念百草生的季节，学校期待着你们书写校史的辉煌，南水北调期待着你们拥有美好远方。

（于建星　中线建管局河北分局）

在这个特殊的节日里　致敬南水北调女孩

她们
是女儿、妻子、母亲
是亲友、同事、师长
她们
是那无处不在的芬芳
疫情袭来
她们放弃团圆
告别家乡
逆流而上
抗疫一线
“她”不是柔弱的代名词
冲锋陷阵时
“她”也是中坚力量
哪有从天而降的感动
不过是为了那渠清水
为了心中的爱
一起扛
总有一个“她”的故事
让你动容
总有一个“她”的身影
令人难忘
……

争分夺秒
她把实验室当成“战场”

1月23日，武汉封城了。作为河南省与湖北省接壤的南阳市，防疫形势严峻复杂，渠首分局水质监测中心水质监测主管李楠所住的小区也采取了封闭管理。作为水质监测主管，她知道确保水质安全是工程运行管理的头等大事，特别是中线工程水龙头——渠首分局水质监测中心的主管，重任在肩。

为了尽快上岗，她在单位开了工作证明，冲破各种封锁，顺利回到监测

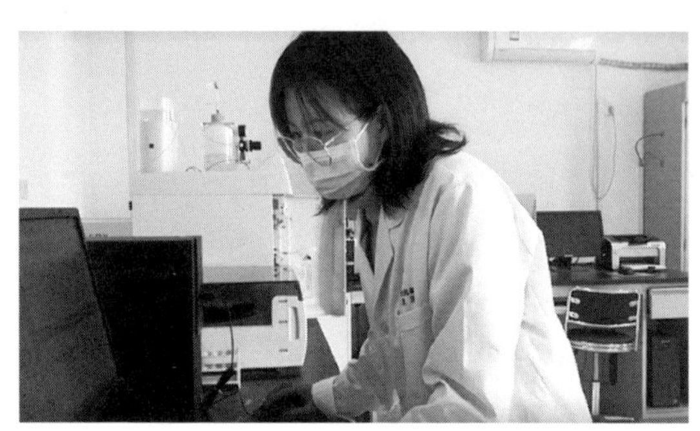

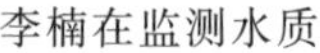
李楠在监测水质

李楠和儿子合影

中心。2月，她一人完成了水样的分装、试剂添加等工作，还挑起了中心每天通风、设备消毒等任务，为其他同事开展水质监测提供了安全的监测环境、安全的监测设备，保证了2月水质监测任务顺利完成。

李楠的爱人负责河南段工程的安保工作，同样坚守在疫情防控的最前线。李楠在工作的同时还要照顾4岁的儿子。特殊时期，她没有选择退缩，而是一如既往地站在了第一线，为中线的优质水源保驾护航。

街道社区
她们一同筑起“防火墙”

武媛媛是汤阴管理处综合管理员，也是一名共产党员。疫情爆发后，她在接到汤阴管理处通知后，与爱人匆匆商量，就把孩子送回乡下老家，第一时间返回管理处现场办公，为管理处分担人员紧张而带来的工作压力。

日常工作中，她除了组织做好职工体温测量登记和车辆消毒工作，还组织物业人员不留死角地做好办公楼内的消毒和通风工作。此外，她还肩负起工程运行管理中重要的输水调度和安防监控巡视工作。“关键时期工作量增加了，在岗人员却少了，每个在岗人员肩上的担子更重了，这个时候我更应该

武媛媛担任小区志愿者

打起十分精神。”武媛媛的话令人肃然起敬。

让人动容的还有她的倾情付出。疫情期间，社区工作任务倍增，她看在眼里记在心里，利用歇班时间，主动加入到自己所在小区的临时党支部，参与小区疫情期间的义务值班，为居民测体温、登记信息，对小区楼梯、电梯、安全通道等进行消毒，开展疫情防控知识宣传……她经历了大雪中社区门口站岗，冻得像筛糠；经历了起早摸黑，顾不上吃晚饭，顶风穿梭在社区的每一栋楼，也免不了遭受白眼。她已成为一名兼职社区“网格员”一个多月，以自己微弱的光亮，照亮社区昏暗迷蒙的夜晚。

这样的辛劳，也免不了不被人理解。但是她知道，这份工作是真苦，是真累，但是再苦再难，既然选了，就要千方百计把它做好。“我是党员，大疫面前，正是考验我的时候，我愿意用行动为小区居民们带来一份安心。”

工作生活两不误
她希望做孩子的榜样

董笑是天津分局计划合同处科员，是一个温婉、爱笑的女子。2019 年的 9 月，她有了一个新的身份，那就是光荣地成为了一名妈妈。然而，疫情的突然爆发，打乱了安静的生活节奏，她不顾家人劝阻，带着仅仅 4 个月大的宝宝返回了工作岗位。

董笑为项目编制采购限价单

居家办公的每天，她的耳边除了“哇哇”的哭声，还有电话铃声。“叮铃铃铃……”一阵铃声响起，她快速地关掉声音，起身查看同事发来的健康情况统计表，检查汇总后及时上报；新出的防疫知识，及时传达；拿着资料，对着电脑，仔细审核每一个项目的预算，认真地写着每一条审核说明，详细列出每一个细项的价格……

老公有时也劝她，“你也歇歇啊，再这样该生病了。”“没事儿，我不累，这些项目的预算得赶紧审出来，这些比较急，不能耽误项目的采购。”说着话，手里的工作依然忙碌着……

孩子的哭闹声、温柔的摇篮曲、清洗的水声、键盘的敲击声……这些声音组成了忙碌的乐章、热闹的曲调，也让董笑的春节过得这么不一样。

“作为一名新手妈妈，希望能给孩子树立榜样，对待工作要负责担当。”在这个特殊的春天，她的话春风化雨暖透我们的心。

日夜守护心中所爱

郭春赟是一位参加工作仅一年的95后女孩。对于她来说，连续十六个日日夜夜的闸站值守，注定让人难忘。

她所在的闸站是方城管理处三座节制闸之一的黄金河闸站。疫情发生之初，为了减少人员流动，防范交叉感染风险，方城县实施了严格的交通管控

郭春赟正专注于设备巡视

措施。受此影响，她和同事从 1 月 28 日至 2 月 12 日担负起了特殊时期的闸站值守工作。

值守期间，按照管理处疫情防控要求，她和同事及时采取有针对性的防护措施，做好自身防护和值班场所消毒工作。在此基础上，她发扬特别能战斗的精神，与同事一如既往地紧抓闸站值守各项工作，用心守护着闸站这方家园，保障输水安全运行。

为了保持工作的专注度，消除连续值守带来的枯燥感，她除了定时上报水情信息外，把大部分时间放在了设备巡视和闸站周边环境监控上面。俗话说，细节决定成败，规范保证安全。她凭借女孩特有的细致和较为熟练的业务，扎实开展了高频次的设备巡视工作，同时认真做好远程指令的数据复核工作，现场累计处理了 8 次调度指令，确保了数据准确无误。

如今，按照管理处近期工作要求，她和同事从 3 月 1 日起又开启了为期一周的闸站值守模式……

守护工程的日日夜夜是枯燥的，在这个特殊的春天，我想把这世界上最温柔的话说给守护南水北调大国工程的女孩们听：

你们忙碌的身影我们看在眼中，
内心充满了敬佩，
也满是心疼，

谢谢你们，保护好自己！

你们是我们眼中最可爱的女孩！

如果以四季寓意着不同女孩的不同状态，我想说，无论哪一季，你们都是最美丽的。

祝所有的女孩节日快乐！

（张小俊　中线建管局宣传中心）

南水带来“新活力”

十月的风吹过耳边，有点微凉，低头轻嗅，风中飘着阵阵麦苗清香，沁人心脾。站在渡槽上远远望去，湍河河道在太阳光的照射下波光粼粼，闪烁着白光，虽然已是深秋，但河道两边浅浅的绿色，让人不禁想起“草色眼看近却无”的佳句。浅滩处，干涸的芦苇丛中有几只小野鸭在嬉戏，天上一大群鸽子从头顶划过，飞向了更远处。

你能想象，六年前，湍河近乎断流，河道两边满目疮痍。如今河道鱼虾成群、水草肥美，夏天还能听到蛙鸣蝉叫，河边还时不时有各种叫不上名字的飞禽光顾。而这一切都是南水北调为它带来“新的活力”，为这方水土带来新的生机。

南水带来健康“新活力”

11 月 20 日，邓州市十林镇贾寨村，田野里一望无际的麦苗为大地披上绿毯，村民贾宗堂骑着电动车从镇上赶集回来。看着正在建设的内乡南水北调供水配套工程，“咱这周围农民早就用上了自来水，听说以后还能喝上丹江水，那泡茶一定更好喝。”66 岁的贾宗堂爽朗地说。

附近的赵集水厂正在修建。“加氯加药车间已经结顶，进水池、配水井、网格絮凝池、反应沉淀池、清水池等主要建筑基本完工，就等安装设备，预计 12 月底可以试通水。”赵集水厂生产经理陈天佑说。赵集水厂投资 2 亿元，由河南水投丹江源水生态有限公司建设运营，水厂从南水北调总干渠 3 号口

门直接引水，日供水3万吨，可以覆盖邓州市西北罗庄、十林、赵集、裴营4镇28万人，目前延伸到各村的89公里供水主管网已经铺设完毕，远离邓州市区的农民近期将喝上丹江水。预计到2022年，邓州市农村集中供水率达到100%，自来水普及率97%。2020年3月，邓州市自来水公司专门从不同的检测取水点收集一批样品，送至河南省水质监测中心，根据河南省城市供水水质监测网郑州监测站监测结果显示，邓州市自来水公司水质指标合格率均达到国家《生活饮用水卫生标准》(GB 5749—2006) 要求!

邓州市半岛帝城小区，正在淘米做饭的王大妈，看着清冽冽的水喜笑颜开："现在的水，太好了，烧茶基本上没有茶垢，口感很好，现在熬的米汤清香甘甜，最主要是我的结石体质正在慢慢改善，越来越好了，感谢南水北调工程啊!"这只是我们生活的一个缩影，南水北调为沿线的居民提升生活品质发挥了重要作用!

目前，邓州市一水厂、二水厂已正常使用丹江水，三水厂即将投入运营，计划建设的九龙水厂和桑庄高铁水厂正在有序推进前期工作，届时将有更多的居民群众陆续喝上甘甜优质的丹江水，更好地发挥南水北调的工程效益，为人民日益增长的美好生活需要提供更有力的保障。

南水带来农业"新活力"

邓州市是全国超级产粮大县，种粮面积在200万亩以上，粮食产量多年稳定在22亿斤以上。水利是农业的命脉，为邓州粮食生产做出了重要贡献。

"这是我们刚刚修好湍河大坝，湍河大坝蓄滞洪水，通过杨寨提灌站让湍河水进入张岗水库，再经胡岗提灌站提灌或经张岗水库输水洞自流进入灌区。而这些丰沛的水资源能更多进入农业灌溉，多是南水北调给我们的底气。"邓州市水利局负责人介绍道，湍河洪水资源化利用后，张岗水库灌区灌溉面积可以从原来的1.2万亩增加到3万亩，十林镇、张村镇的粮食产能将明显提升。

不仅是灌溉良田，张岗水库还为十林镇习营村堰子川进行了农业用途的生态补水。村南九曲十八弯的堰子川内，流水汩汩，蒲苇茂盛，荷花盛开。如今有了水，邓州市联合邓州市盛达农业发展有限公司投资2.5亿元，在习营村建设一个牧原现代农业示范区，示范区集乡村振兴文化教育培训、现代农业科技示范、立体高效农业生产、休闲观光旅游等功能于一体。

南水带来经济“新活力”

“南水北调渠首保护区内，严禁使用农药、化肥，这非常适合发展稻虾混养，因为养殖小龙虾不能投放农药、化肥。”在邓州市高集镇千亩稻虾混养基地内，河南楚豫香农业科技有限公司总经理李博说。优质的丹江水，从地头水渠中流入了稻田。

“丹江水目前免费，我们只按照土地整理成本的5%交租金，流转村民土地每亩850元左右。”李博算着账，不说种植有机稻米的收入，仅小龙虾每亩就可以产600斤，最低收入1万元，扣除3000多元投资成本，每年也能挣6000多元。养殖区所用的丹江水质好量足，所产出的小龙虾品质好，邓州基地小龙虾的价格会更高。

丹江源水生态有限公司在邓州市7个乡镇发展有机农业，推进稻虾混养、稻鱼混养、优质鱼类养殖等项目，规划共计7100亩。项目实施后，每年可产优质水稻2400吨，优质小龙虾720吨，优质淡水鱼2100余吨，预计可带动周边农户开展种养面积8000亩，每年带动500人以上脱贫。

更多的公司看到南水带来的经济效益，也愿意为这样的优质资源投资买单，不仅让公司得到了发展，还带领周边村民共同发家致富，在奔向小康社会的路上越走越踏实！

南水带来生态“新活力”

虽已是深秋，朝晖铺满整个湍河河面，邓州市的湍河湿地公园仍是满目青翠，流水潺潺，行云片片，林鸟群噪，三三两两的市民在林间小路散步。“哪想得到，我们这里能从一个小河沟变成生态大花园。”家住邓州市蓝湾嘉园的市民陈向东说。就在几年前，邓州市湍河两岸还是垃圾多如牛毛，城市生产生活废水向河里排放，散发着阵阵异味，河里鱼虾绝迹，周围群众苦不堪言。“现在河边休闲娱乐的小广场特别多，景色也美，空气也湿润。”正在跳广场舞的鲁大妈如是说。

这些是身边的人们最切身的感受，得益于南水北调的生态补水。治理湍河，补水是关键。“现在每年南水北调工程为湍河生态补水2到3次，占到了

总补水量的一半以上。”良好的水环境带来了生态的改变，湍河广阔的水面可以有效地调节两岸的温度和湿度。“我们市区通过4级橡胶坝对城区的水质进行置换，南水对两岸温度调节在4摄氏度左右，湿度调节超过20%。”邓州市南水北调办石帅指着清澈的河道说。据了解，南水北调中线工程正式通水以来，改善湍河用水共计10次，总补水量近4000万立方米。目前，南水每年为湍河补水近600万立方米，已成为湍河的重要水源地。

正是南水北调的生态补水，让邓州市的水资源日益丰沛，邓州市政府利用引丹干渠、刁河、湍河、严陵河丰富的水资源大作文章，将环城河系全面打通，同时加强污水排放打击力度，使以往的环城“臭水沟”变成休闲小道。在邓州市东西城郊各建设明珠湖和邓西湖，成为人民日常健身打卡的好去处。

习近平总书记强调：“生态环境保护的成败，归根结底取决于经济结构和经济发展方式。”南水北调的成功，是生态文明建设的成功；让南水北调更多更好地造福民族、造福人民，坚持生态优先、绿色发展是决不能动摇的指挥棒。坚持先节水后调水、先治污后通水、先环保后用水的原则，是党和国家为南水北调工程确立的重大方针。我们必须加强运行管理，充分发挥工程综合效益，促进实现受水区与水源区互利共赢、共同发展，必须深化水质保护，强抓节约用水，确保水质持续向好，确保生态文明效益持续显现。

（李丹　中线建管局渠首分局）

扫码观看——迎防台风“巴威”雨中巡坝抢险（视频）（贾永圣　南水北调东线山东干线有限责任公司）

扫码观看——“钙”是怎样缺失的（视频）（和凯　中线建管局河南分局）

扫码阅读——以智慧之名　让安全“豫见”（王梓帆　中线建管局河南分局）

扫码阅读——南水北调全面通水六周年！生日快乐！（周晓霖　中线建管局宣传中心）

扫码观看——生态补水韵宛城（视频）（孙天敏　柳晓龙　黄琛　中线建管局渠首分局）

扫码阅读——2020，请对南水北调人好一点！（朱文君　中线建管局河南分局）

扫码观看——河北分局“坚持节水优先、建设幸福河湖”节水倡议书（视频）（徐宝丰　中线建管局河北分局）